U0106129

時空調查科 ①

法老王宮裏的秘密

關景峰 著

新雅文化事業有限公司
www.sunya.com.hk

時空調查科

阿爾法小組

—— 人物介紹 ——

凱文

特工代號：051

年　　齡：13歲

組內擔當：分析大師

特　　長：IQ極高，分析力超強，
　　　　　多謀善斷

最強裝備：萬能手錶

萬能手錶

具備通訊、翻譯、搜尋、地圖等
等功能，還能按需要升級更新其
他功能。

張琳

特工代號：059

年　　齡：13歲

組內擔當：攻擊大師

特　　長：擁有驚人的戰鬥力，對各種
武器都運用自如

最強武器：先鋒寶盒

先鋒寶盒

可變化成霹靂劍、迴旋鏢和流
星錘三種武器的神奇寶盒。

西恩

特工代號：056

年　　齡：12歲

組內擔當：防衛大師

特　　長：能針對不同攻擊使出各種防禦
力強大的招式

最強招式：防禦盾、防禦弧

防禦盾

原為硬幣般大小的鐵片，使用
時會變大成圓形盾牌。

目 錄

CHAPTER 1

任務

格陵蘭島東南一千公里的海面上⋯⋯

如果⋯⋯

你向四面觀看，滿眼都是平靜的海面，這是大西洋的海面，如果再仔細看，落潮的時候，你會看到一個突出海平面不到五米的島礁，而漲潮的時候，這個島礁則完全被海水淹沒。誰也不會知道，島礁的南部有一個岩洞，而沿着這個岩洞下去，通過一條幾乎直上直下的通道，在海平面下兩百米處，就是全球特種警察機構總部所在地。我，凱文，就是這個機構中最神秘的部門——時空調查科的核心成員。

世界上的惡人作惡，從來不擇手段，一種特異的犯罪手段——穿越時空已經出現，那些有穿越時空能力的罪犯，或自己隱匿於過往的任何歷史時刻中，逃避打擊，或將贓物藏匿於從前的時空，還有

的跨越時空直接犯罪，全球特種警察機構因此從全球範圍內尋找到具有超能力的人，能夠穿越時空，並具有高超的能量和能力，組成特種小組，穿越時空調查，緝拿那些罪犯。

我，凱文，十三歲；張琳，十三歲；西恩，十二歲，我們就是被遴選出來的超能力特工，我們三個組成了時空調查科最強最有力的調查小組，我們的代號——阿爾法小組。

我穿行在總部大樓裏，高高的玻璃幕牆外，就是大西洋的海水。這裏遠離航道，這裏是那些罪犯最想摧毀的地方，接近這裏的人，不是自己人，就是罪犯，自己人都會被系統識別出來，罪犯想接近這裏，一千米外就會被發現，而且在碧波萬里的大海之上，無論他是從海面還是從海底接近，都顯得特別的突兀，這也是總部大樓修建在這裏的重要原因。

「⋯⋯凱文，聽說了嗎，羅密歐小組穿越到了冰河時代，從那裏抓到一個罪犯帶了回來。」強壯

的西恩跟在我身後，他個子也很高，「這是調查科所有小組穿越的最遠時間了，接近極限了⋯⋯」

「會有人打破這個極限的，極限就是用來被打破的。」我一邊走，一邊平靜地說。

「信心真足呀。」西恩連忙說道，他略微壓低了聲音，「嗨，這次的任務能透露一些嗎？穿越回去一千年？兩千年？亞洲？美洲？南極洲？」

「真是夠囉嗦。」我目視着前方，加快腳步，前面就是行動處處長諾曼先生的辦公室了，諾曼先生是特種警察機構的二號人物，調查科就是他主管的，「我也不知道，到了就知道了。」

西恩也加快腳步，我們來到辦公室門口，西恩敲了敲門，裏面傳來請進的聲音，我們推門進去。

「你們現在才來？」沙發上，張琳轉過身來，看着我倆，怎麼說呢，她是一個非常嚴謹的人，還很嚴肅。一個小女孩，經常用教訓人的口吻說話。張琳不怎麼愛笑，我都記不清她上一次笑是什麼時候了。

「約定時間是一點正，西恩敲門的時間是十二點五十九分五十七秒，我們進門的時間是一點零二秒，嚴格來說很準時，不算遲到。」我説道，老實説，我很不喜歡張琳這種過於認真的樣子，她做什麼事都這樣。

　　「你們都坐下吧。」辦公桌後，身材高大的諾曼先生説道。

　　「好久不見。」西恩對張琳小小地招招手，滿臉春風地説，他對張琳總是一直恭敬有加的，就像他欠了張琳什麼一樣，但我可不一樣，我一直很難容忍張琳那副高傲的樣子，當然，張琳對我有同樣的感覺。

　　「才一個月。」張琳小聲説了一句，除了公事，她對西恩經常是視如空氣的，這就是她的性格。

　　「毒狼集團，我想你們都知道。」諾曼先生説着從辦公桌上拿了三份資料，西恩連忙起身接過資料，遞給我和張琳，自己也留了一份。

「毒狼集團十年前在我們計劃進行大收網的時候，得到風聲，幾個主要成員四散逃脫，臨解散前，他們將毒品等贓物賣掉，用全部資金購入了一顆價值一億美元的藍色鑽石，這枚鑽石是他們重新啟動的資金，也就是說，把這枚鑽石變賣，他們就有了啟動資金。經過這十年，他們的主要成員陸續落網，但有一個叫威爾森的人……」諾曼先生開始介紹情況，他背後的投影熒幕上，出現了一個長相兇惡的傢伙，諾曼指着那人，「這就是威爾森，照片有些模糊，我們對這個傢伙的情況掌握得不多，現在，我們得到線報，威爾森在忙着聚集殘部，然後就要取回那顆鑽石，有了資金，他就能徹底重啟這個團夥了，我們一定要阻止他！」

　　「諾曼先生，這應該是行動科負責吧……」西恩舉手問道，的確，確定目標後的跟蹤抓捕的確要行動科負責。

　　「特工056，你說得對。」諾曼看看西恩，056是西恩的代號，我的代號是051，張琳的代號

是059，「但是那顆鑽石被毒狼集團當時的頭目辛克放到了將近五千年前的古埃及，大概是法老王尼特倫時期。辛克也是一名超能力者，具備穿越能力，三年前他已經被警方擊斃了，威爾森是他的繼承者，本身也具備穿越能力，不知道他親自去還是派人前往古埃及取回那顆鑽石，當初辛克把鑽石放到古埃及，就是怕在現今時空我們能相對輕鬆地找到鑽石，而四、五千年前是他能穿越到古代的極限時間了，不過我們的臥底得到了一些資訊，現在……」

諾曼先生說着，嚴肅起來，他認真地看着我們，此時，我感到事態很嚴重了。

「特工051、056、059，你們穿越到古埃及去，積極調查，運用你們的一切超能力，一定要搶在威爾森前拿到那顆鑽石！」

「是──」我們三個一起站起來，挺直了胸，大聲回答。

「仔細看你們手上的資料，這是我們全部的

線報和情報分析結果。」諾曼看了看我，「和以前一樣，051號特工凱文，你擔當小組的分析大師，059號特工張琳，你擔當攻擊大師，056號特工西恩，你擔當防衛大師，你們三人的組合是調查科中實力最強大的，我知道這次任務危險重重，但相信和以往一樣，你們能順利地完成任務！」

「是——」我們三個再次一起回答。

CHAPTER 2

實施穿越

離開了諾曼先生的辦公室，我們來到我們小組的辦公室，仔細地看起資料來，線報的資訊的確不算多，線報顯示，辛克穿越到古埃及法老尼特倫時代後，找到一個叫米德的庫什總管，這個職位就是法老尼特倫的印信掌管者，算是法老的親信，此人負責保管尼特倫重要的印信、祭祀品等物。而隱藏鑽石這件事，就是在米德的幫助下完成的，據悉米德把鑽石藏到了法老的金字塔裏。辛克穿越藏寶的資訊，當年在毒狼集團中也只有最高層的三個人知道，這些資訊有的是我們的臥底當年冒死得到的，有的是警察總部最近獲得的。不過我們的線報資訊並不完善，我們去了以後，一定要先找到這個米德。

用了近一個上午的時間，我們全面分析了情況，事不遲疑，我們決定立即進行穿越。穿越分成

兩種，第一種是無限穿越，就是在現實中任何地點穿越到古代的某地；第二種是條件穿越，就是在現實中選好地點，穿越後到達地點和現實中的地點一致，時間也一致，第二種穿越技術最難，並且存在相當的風險，穿越一旦失敗，落地地點誰都説不準，落到茫茫大海或者火山口都不一定。而第一種穿越方式只是略安全一些，實施起來也很有難度。我們這次選擇的是無限穿越。

　　西恩去技術科領來了三套古埃及人穿的衣服，我們分別穿上，西恩的衣服不是太合身，這都是因為他年紀雖比我們小一歲，但是體型高大的原因，小孩的衣服他穿不下，只能拿一件大人的衣服，但是又顯得有點大，不過沒關係，任務結束西恩就換回現代的衣服了。至於穿越後的語言，我們早有準備，我們都在胳膊上植入了晶片，能幫助我們快速解讀對方語言，並發出對方的語言，所以我們可以穿越到古代任何地方，從來沒有語言障礙。

　　「應該都帶齊了。」我看着西恩一起拿來的幾

枚古埃及的小金幣，這可是我們穿越過去後可能要用到的生活費，「西恩，看看你的口袋，上次穿越到羅馬帝國，你口袋裏掉出來一條朱古力，還給那個伯爵吃了，結果他一直追着你要這美味。」

「我檢查了。」西恩連忙攤開手，「除了必備物，沒有現代的東西了。」

「喂，059……」我對張琳説，一般我都是這樣稱呼她的，當然，她也經常用數字代號來稱呼我，「這次穿越的時間跨度大，有五千年，所以能否成功穿越的不確定因素多，為了順利到達並且更接近目標，我要申請穿越輔助……」

「我知道。」張琳有些不耐煩地説，她指了指辦公室門口的空地，「就在這裏實施穿越吧？」

我對張琳和西恩點了點頭，隨後，我們三個背靠背，手臂挽了起來。我的左手抬高，嘴對着我的萬能手錶，這隻手錶和其他手錶外表基本一致，但是比較大，錶罩呈現出水晶球表面一樣的半圓狀。

「總部時空隧道管理員，我是阿爾法小組051號

特工，我和另外兩個同事申請開啟穿越通道，請輔助我們實施穿越。」

「我是181號時空隧道管理員，請問穿越方式。」手錶裏一個聲音問道。

「條件穿越。」

「穿越的時間和地點？」

「公元前2511年埃及古王國時期，在尼羅河畔孟菲斯城落地。」

「同意穿越，你們落地時間預計為當地時間早上，你們需要特別留意以下事項：一，不許從穿越地帶回除任務要求外任何人和物品。二，不許改變歷史。三，不許利用已經獲得的歷史知識進行任何的非幫助完成任務的行為。違反上述規定將承擔非常大的危險！」

「記住。」

「五秒鐘後穿越通道開啟，請站穩！五、四、三、二、一！」管理員說道，隨即，一個若隱若現的巨大管道出現了，這就是穿越通道。

穿越通道大概四、五米長，我們邁步進入管道，隨後站定，剛剛站穩，「轟——」的一聲，一道桔紅色的閃光從我們三個人身上劃過，霎時間，我們就消失在穿越通道中。

　　我們一下就被拋進了一個橫向的時空隧道之中，前進的速度非常快，就像是滑進一個深淵之中。我們三個仍然手挽着手，背靠着背，但是身體已經橫向懸浮於隧道之中，和隧道保持着同向的位置，我們的身體承受着巨大的壓力，這種壓力幾乎令我們窒息，身體也感覺快要被壓扁了，我們努力調控着飛行方向，保持自己飛行在時空隧道的中央，任何對隧道壁的撞擊都會使得穿越失敗。實施穿越，是一項超能力，我們都掌控得不錯。飛了一會，忽然，時空隧道中電閃雷鳴，我們都咬着牙，手臂依舊挽着，忍受着巨大的壓力，我感到我們飛行速度越來越快了，大概一分鐘後，我感到速度略微降了下來。

　　「唰——」的一聲，我突然感到一切都停止

了，一切也不再旋轉，腳有踩在地上的感覺，穿越結束了。此時我發現我們站在一個空地上，周圍有很多的人，沒錯，身穿古代埃及服裝的人，這些人全都是靜止的。

「穿越成功。」我的手錶裏傳出一個聲音，「你現在是在公元前2511年11月15日上午埃及古王國時期法老尼特倫的王都孟菲斯，你們在城門外五十米的一個貿易市場。」

「收到，謝謝。」我連忙說，儘管我要求落地點在城裏，而實際落地點卻在城外五十米，但我知道，跨越這麼長時間的無限穿越，落地點和預想目標如此接近，已經非常不錯了，甚至可以說接近完美。

管理員回覆了一句「祝好運」，隨即，「唰——」的一下，周邊的人全都動了起來。

CHAPTER 3

問路

　　我們迅速融入到環境之中，這是一個喧鬧的貿易市場，市場裏賣衣服的，賣食物的，買日用生活品的，一應俱全，沒人在乎我們三個小孩，只有一個從我們身邊跑過的小男孩，看了我們一眼，然後笑笑，跑走了。

　　「看那邊——」西恩有些激動，他指着西邊，大聲地説。

　　遠處，十幾座大小不一的金字塔若隱若現，陽光照射在塔身上，塔身泛射出金色的光芒，非常奪目，距離那麼遠，我們都能感覺到金字塔的壯觀氣勢。

　　「又不是第一次穿越了，不要大驚小怪的。」張琳在一邊壓低聲音，提醒着西恩。

　　「我知道。」西恩多少有點掃興，「可是到這裏是第一次呀。」

「看樣子都是新建的，或者建造好沒多少年的。」我看看西恩，「看上去的確和我們那個時代看到的不一樣。」

「當然，差好幾千年呢……真想現在就過去看看……」西恩很是感慨地說。

「……哎，三個小伙伴，不給你們的媽媽帶些紅棗回去？」一個我們身邊不遠的擺攤大叔對我們喊道，他的攤位前沒什麼人，生意似乎不好，「不甜不要錢呀。」

「是嗎？」我走過去，看看那個大叔，笑了笑，「那我就買兩斤不甜的吧。」

「哈哈哈——」西恩在一邊大笑起來，連張琳好像也忍不住想笑，但是沒發出聲音。

「嗨，你這孩子，回家玩去吧。」那個大叔有些生氣了，激動地揮着手，「看樣子就是個小窮鬼，沒錢來什麼市場？」

我瞪了他一眼，按照我們的穿越守則，萬萬不能因為小事和他爭辯，引起不必要的麻煩的。穿越到別的時空，適應度的掌握非常重要，既要自然地融入到社會，不被看成另類，也不能太過放鬆，同樣會引來特別的關注。

「按照當今尊敬的尼特倫陛下的旨意，你不能罵小孩子的。」我假裝委屈地看着那個大叔，其實我是在確認這是否尼特倫時期。

「陛下什麼時候發布過這樣的旨意？」大叔說道。如果我說錯了時代，他一定會糾正，但是他沒有，說明此時就是尼特倫時期的古埃及。

我對張琳和西恩點點頭，我們出了市場，向城牆那邊走去，城牆不算高大，人們進進出出的，城門旁站着兩個手持長矛的士兵，看上去有些無精打采的。

　　「嗨——」西恩從士兵身邊經過的時候，微微舉起手臂打招呼。

　　兩個衛士都用奇怪的目光看着西恩，不過沒多說什麼，我們進了城。

　　「『嗨』什麼『嗨』？」走過城門，張琳就有些生氣地說，「你看這裏誰和士兵打招呼的？」

　　本來我也想這樣說西恩，但是張琳先這樣說了，我可不能事事都隨着她。

　　「不過是打個招呼，講禮貌，又不是太出格。」我看看張琳。

　　「你——」張琳皺起了眉，「細節上不注意很容易出問題的。」

　　「我不對，我不對。」西恩連忙說，「你倆都是我的偶像，你倆吵起來我可怎麼辦呀……」

這裏的確不是爭辯的地方，我和張琳都不説話了。

　　「凱文⋯⋯」西恩看爭執結束，連忙湊上來，「我不是做分析的，你説毒狼集團的頭目辛克把鑽石放在這個時代，隨便找個地方埋了不就行了，為什麼辛克要去找米德，知道鑽石位置的人不該是越少越好嗎？」

　　「古埃及人生活在尼羅河綠洲帶上，周邊的沙漠不能去埋，否則剛埋好就被流沙捲走了，而綠洲帶上隨時會搭建起房子，或者建造一個城市，一開挖地基，鑽石也就被挖走了，唯一不會被開挖的就是金字塔區域，那裏是皇家貴族的專屬區，有士兵日夜值班，而這個米德是一個比較有權力的人，是能夠進入金字塔區域的人，辛克穿越過來後聯繫上他，把鑽石藏在一座建成不久的金字塔裏，這裏的法老王尼特倫死後將被安葬在這座金字塔裏，金字塔區不會有流沙，而且還有士兵看管，普通人根本就進不去。」

「噢，真是狡猾。」西恩點點頭，「我明白了……不過這也簡單了，找到那個米德一問就知道了。」

「哪有那麼簡單？」我搖了搖頭，「米德也是冒險幫助毒狼集團的，據説收了不少錢，金字塔區域是皇家墓葬之地，是埋葬皇室木乃伊的地方，放進別的物品，被法老知道要殺頭的，所以他也是偷摸地幫着藏鑽石的，我們找到他後，他不可能輕易就開口的。」

「那怎麼辦？」西恩似乎有些着急了，他就是這樣，遇到事容易着急。

「看我的。」我説，「按照來之前計劃好的，你不要多説話，就站在我身邊，一切看我眼色行事。」

我們從沒來過孟菲斯城，也沒見過米德，要找到米德，最好當然是知道他家在哪裏。張琳決定去路邊問一問，她看見路邊有一胖一瘦兩個老者坐在那裏，樣子很是悠閒。

「你們好。」張琳走過去，很有禮貌地彎腰鞠躬，「請問庫什總管米德老爺的家在哪裏？」

「什麼？」很瘦的老者瞇着眼睛，看着張琳，「你要吃飯？要吃飯就去飯館。」

「不是，我是說米德的家在哪裏？」張琳連忙說。

「什麼？不吃飯改看戲了？」瘦老者一本正經地說，「看戲去劇院。」

「我不是要去看戲……」張琳皺着眉，「我是……」

「又不去劇院了？你要去醫院？」瘦老者立即說，「那就快去呀。」

「我不看戲，我也不去醫院。」張琳急了，「我是要吃飯……噢，都被你說糊塗了，我要找米德……」

「他聽不太清了。」胖老者此時才慢悠悠地說，還笑着，「你們要找米德？」

「對，我們想知道他家在哪裏？」我上前一步

説。

「米德大老爺的家，一直往前走。」胖老者指着不遠處説，「離這裏不算遠，漂亮的大房子，和我們這裏的房子可不一樣。」

我向老者指的地方看了看，隱約看見那邊有高大建築。我們謝過老者，向前走去，走了幾百米，發現前面的房子更加高大，更加整潔，似乎我們進入到孟菲斯城的富裕住宅區。

又向前走了一會，我們看到了非常突出的建築住宅，但是，我們看到的是兩幢——一條大街的兩邊，各有一幢高大住宅，它們都有圍牆，裏面除了最高的樓房，還有一些小的樓房。兩所住宅的大門有所錯位，並不是門對門，而是隔開五十多米。兩幢住宅前，都有士兵把守。只不過一個門口站着兩個士兵，另外一個門口站着四個士兵。

「米德是掌管法老印信的總管，是個很大的官。」西恩小心地示意着有四個士兵把守的大門，「我想這應該就是米德的房子。」

「那我們進去找米德。」張琳立即說。

「嗯……」我想了想，西恩說的也對，儘管沒有誰親口告訴我們那裏就是米德的房子，我看看四下也沒有人可以問，就點點頭。

大門口我們是進不去的，我們繞到了住宅的後牆，看看四下無人，我們縱身躍上圍牆，然後跳了下去。

院子很大，前面有一幢最為高大的建築，我們都覺得那裏就是米德的住處，於是向前走去，沒有多遠，對面傳來一陣聲音，想躲已經來不及了，我們三個低着頭向前走去。

「……全都放進庫房……」一個聲音傳來，只見一個身材高大的人走在三輛馬車前，指揮着。

一個人快速走到旁邊的房子，打開門，馬車停到門前，有人開始從馬車上搬下箱子，運進房子裏。

「……小心，別摔了……」那個身材高大的人不放心地指揮着，忽然，他看到了我們，「喂，你

們三個，幹什麼的？」

「我們是新來的小雜役。」我早有應對説辭，上前一步，大膽地説。

「小雜役？沒見過。」那人搖了搖頭，不過似乎不打算追問什麼，「不要在老爺房前亂轉噢，不要打擾他，老爺正工作呢。」

「啊？」西恩愣住了，他傻傻地看着那人，「工作……你是説老爺在家裏，死死地盯着法老的印信？」

「你説什麼？」那人愣住了。

「老爺不是掌管印信的總管嗎？他的工作就是看守着印信，所以他在家的工作就是看着……」西恩小心地説，説到最後，似乎感覺出了什麼問題，聲音越來越小了。

「你們是哪裏的雜役？你們是對面的雜役吧？」那人大叫起來，「我們老爺是大畫匠，王宮宮殿裏的圖案，金字塔裏的圖案都是他畫在紙上，再由畫工放大畫上去的，他可不是米德那個貪財

鬼。」

「噢，噢，我們走錯門了。我們都從鄉下來，什麼都不懂。」我立即上前，「兩邊都是大院子，我們剛來不久，忘了我們老爺住哪一家了，就走進來了。」

「是嗎？不過看門的士兵是怎麼看門的？米德家雜役也進來了。」那人説。

「我們是跟着一羣人進來的，是我們不好，他們沒注意。」我連忙説，「不過……一個畫匠就住這麼大的房子，門口士兵好像更多。」

「那當然，法老陛下只喜歡我們老爺的畫，也只有我們老爺能畫出那麼漂亮的畫。」那人得意地説，「所以我們老爺最有錢，門口當然要有更多士兵看門，我們的房子比米德家更漂亮呢……」

「是，是，明白了。」我連忙説。

「走吧，今後看清楚再進門。」那人説。

「謝謝，不會再走錯了。」我立即説，隨後拉着張琳和西恩快步向外走。

「站住——」那人突然大吼一聲。

我們都一驚，我做好了衝出去的準備了，一旦被他看出什麼，只能先往外衝了，不過剛來就發生打鬥，很可能破壞我們的計劃。我看了看張琳，張琳也皺着眉，不過她也做好了衝出去的準備。

「如果米德那個貪財鬼對你們不好，不如到我們這裏來，我們老爺很寬厚的，給的薪水也多。」那人微笑着説，「其實我們這裏也缺人手的。」

「啊，好，好。」我長出一口氣，連連説。

「走啦，送你們出去。」那人説着向外走去。

我們連忙跟上，那人把我們送出大門。出了門，我們都鬆了一口氣。

「西恩，你以後少説話。」張琳抱怨起來，「分析大師是凱文，不是你。」

「是、是。」西恩連忙點着頭説，他看起來一臉抱歉。

不用多問了，米德家就是對面了。米德的家也有圍牆，裏面豎立着好幾幢三層的樓房，非常漂

亮，門口有兩個士兵把守。

　　從米德家正門走，同樣一定被盤問，不容易進去。我們繞着他家轉了一圈，發現他家後面的那道牆外是一條小路，很少有人經過，這就好辦了。

　　「我一直沒說話。」西恩忽然看看張琳，小心地說，表明進入這裏是我選擇的，不是他說的。

　　「知道，知道。」張琳不耐煩地說。

　　看看四下無人，我看看兩個同伴，隨後手扶着牆，縱身一躍就翻上了圍牆，張琳和西恩也跳了上來，院子裏沒有人，我們跳了下去。落地後，我們快速跑向一幢建築，這似乎是一間雜物房，憑感覺我們判斷裏面沒有人，我向前面看了看。

　　「如果米德在家，會在那所房子裏。」根據對古埃及建築的分析，我迅速判斷出米德的住處，作為這裏的主人，他的房舍一定是最豪華漂亮的。

　　「那怎麼辦？」西恩有些緊張地問。

　　「我們現在就過去，看看米德在不在？」我對西恩點點頭，還笑了笑，來減輕西恩的緊張感，看

起來他還在為剛才選錯米德家而不安呢，「一會我會以毒狼集團成員的身分和他聯絡，聯絡的暗號我都記着呢。」

　　我們的卧底在毒狼集團中獲得的所有資訊中，包括和米德的聯絡暗號。我們的方案也簡單，通過聯絡暗號取得米德的信任後，他會把我們領到金字塔那裏，取出那枚鑽石，到時候我們立即穿越返回，任務也就完成了，當然，這只是構想，實施起來一定不會很順利。

　　在我的帶領下，我們三人走了出去，徑直向那所最豪華的房子走去，這個府邸可真大，周邊的房子和我們在歷史書中看到的建築樣式都一樣。

　　繞過兩所房子，我們來到那幢豪華房子旁，一路上，只有一個捧着陶罐的人走過去，看上去是個雜役，他忙着走路，看都不看我們。

　　我走在最前面，豪華房子中間是一扇很大的門，兩邊各有一扇小門，我了解古埃及的房屋布局，一般這樣的房子，正中都是主人房，旁邊是僕人房，便於服侍主人。我想拉開門進去，這時，門忽然開了，一個僕人模樣的中年男子走了出來。

　　「喂，幹什麼的？」那人看到我們，詫異地問道。

　　正面遭遇，沒法回避了，我微微地鞠躬。

　　「你好，我們是新來的小雜役，請問老爺在不

在？」我説，我的神情很是平靜。

「新來的雜役？」那人顯得更詫異了，不過看我們三個都是孩子，戒備心並不是很重，「我倒是不知道新來了三個雜役。」

「剛剛才來。」我立即説。

「老爺在裏面休息呢，注意別吵到老爺……」那人點點頭，很是放心地看看我們。

「謝謝。」我再次鞠躬。

那人又看了我們兩眼，轉身走了。米德在裏面，這可是太好了，我拉開門，第一個走了進去，房間裏一股香香的味道撲鼻，我知道這是古埃及貴族用的香薰。

「……科坦，你這個笨蛋，我叫你再偷懶——」忽然，一個叫罵聲傳來。

「老爺，我不敢了——」一個哀求聲傳來，「我昨晚幹活到很晚，所以剛才有一些睏——」

「你就是懶，我休息一會，叫你給我捶腿，你居然睡着了——」叫罵聲不依不饒，隨即又傳來拍

打的聲音。

「老爺別打了——」哀求聲聽上去非常痛苦，「我再也不敢了——」

我們走進了聲音傳來的裏間，只見一個身材高大的人在躺椅旁用力毆打一個身材瘦小的人，身材高大的人四十歲左右，一看就是米德，身材瘦小的人顯然是個僕人，這人二十多歲，應該就是科坦。

看到我們三個出現，米德突然也愣住了，不過他依然猛踢了科坦一腳。

「滾——」米德大罵一聲，科坦亂滾帶爬地出來，看了看我們，走了。米德站在那裏，盯着我們，一臉的氣憤和詫異，「喂，你們是誰？那裏來的小孩？」

「大人，好幾天沒下雨了，你看明天會不會下雨呢？」我唸出了暗語，認真地看着米德，張琳的手放在口袋裏，作為攻擊大師的她，預防着一切的發生。

「啊——」米德愣了一下，他的臉色突然變得

很不好看，「我覺得明天不會下雨，後面幾天也不會下雨了。」

「噢，這樣呀。」我聳聳肩，米德準確地開始和我説暗語了，他應該明白了我們的身分，按照辛克和米德的事先約定，辛克自己不來，能説出這些暗語的，就是代表辛克的人，米德就要按照我們的話去做，「那就再等一段時間了。」

「是呀，要再等一段時間了。」米德跟着説，他説出的是暗語的最後一句。隨後，他瞪着我們，「辛克怎麼沒來？把你們這三個孩子派來幹什麼？」

「辛克首領死了。」我直接説，「三年前就死了。」

「死了？」米德愣住了，像是不相信我説的話。

「我們要取走那顆鑽石，所以來找你。」我繼續説，「那顆鑽石在這裏藏着有十年了吧？我們現在非常需要它，按照我們的約定，取走之後，我們

會再向你支付三十兩黃金的保管費。」

說着，我摸了摸口袋，像是口袋裏有很多黃金。

「噢，是這樣。」米德看着我的口袋，忽然笑了，他隨後坐下，「遠方而來，你們坐下休息一會吧，一定很累了吧。」

「我們是來取鑽石的，不方便久留。」我說，「請你帶我們去取鑽石，我們新的首領還在等我們回去呢。」

「噢，這樣呀。」米德皺了皺眉，隨後站了起來，「那我帶你們去吧……辛克居然死了，還派了三個孩子來，你們這個組織是沒有大人了嗎？」

「我們的身分更便於四處活動。」我輕描淡寫地回應了一句，其實我早就想好應對這類的問題了。

米德沒說話，只是看了看我。隨後，他向外走去。

「哦，還是個女孩子，還是個東方人。」米德

經過張琳身邊的時候，停了下來，看着張琳，感慨起來。

「請吧，大人。」張琳很有禮貌地鞠了個躬，並做了一個「請走」的動作。

米德點點頭，向外走去。西恩先走一步，把門推開，米德看也不看西恩，出了房門，我們緊緊地跟在米德身後。

到目前為止，事情進展非常順利，接下來米德會帶我們去金字塔，拿到鑽石後，張琳能快速制服米德，我們立即就地實施穿越，回到現代後，任務就算圓滿完成了，我們才不會向米德支付什麼保管費呢。

「小孩子都派來了，哎，小孩子都跑來了——」米德走了幾步，轉頭看了看我們，發出了感慨。

米德突發感慨，倒也不奇怪。他隨後徑直向大門走去，迎面走來兩個女子，見到米德，連忙鞠躬，米德理也不理她們，很快，我們就走到了大門

口。

　　大門那裏，有幾輛牛車，那裏還有一個門衛室。看到米德走過來，門衛室裏立即走出來四個士兵和兩個車夫，士兵們都拿着長矛，門口站着的兩個士兵也立即立正。

　　就要坐牛車去金字塔了，這倒是很奇妙的感受，拉車的牛體形很大，力氣一定也很足，我開始預測，看看米德會讓我們坐那一輛車去。

　　「全都給我抓起來——」米德突然一聲大喊，指着我們三個，「三個小騙子——」

CHAPTER 5

到金字塔去

米德突然的下令，使我們三個頓時愣在了那裏，那幾個端着長矛的士兵已經衝了上來，米德在一邊繼續咆哮着，看起來非常的憤怒。

「嗨──先鋒寶盒──霹靂劍──」張琳最先反應過來，她毫不畏懼，迎着那幾個士兵就衝了上去，她右手向下，突然手上就多了一個半個手掌大小的長方形盒子，長方形盒子上有三個按鈕，分別是藍色、黑色和銀白色的，張琳按下了藍色按鈕，一把鉛筆長的寶劍從盒中飛出，在她的掌心飛速旋轉了三圈，盒子消失，而短劍隨即變得有一米多長，張琳揮舞着長劍劈砍上去。

先鋒寶盒是張琳的強大攻擊武器，按下藍色按鈕飛出的是霹靂劍，按下黑色按鈕飛出的是迴旋鏢，按下銀白色按鈕飛出的是流星錘。霹靂劍能產生閃電攻擊效果，回旋鏢能飛出去攻擊對手並回到

張琳手中，流星鍾能砸開最堅固的掩體。根據不同情況，張琳會選擇適合的武器。

一個士兵看到張琳居然抵抗，端着長矛對準張琳就惡狠狠地猛刺過來，張琳一閃身，隨後手一揮，那個士兵立即就慘叫一聲，他的手臂被劍刃劃了一下，血都流了出來，另一個士兵見狀端着長矛從側面刺向張琳，張琳這次沒有躲閃，而是用劍隨便一撥，那士兵的長矛立刻就飛了出去，士兵本人也摔倒在地。

另外兩個士兵一個撲向我，另一個撲向西恩，我們的攻擊力不如張琳，但是對付兩個士兵是綽綽有餘的，西恩當即就把一個士兵摔倒在地，我也打翻了撲過來的士兵。大門口的兩個士兵端着很長的長矛衝過來，張琳看他們來勢洶洶，輕蔑地笑笑。她迎上去幾步，舞動霹靂劍，三、兩下就把他們擊倒在地。這些士兵是普通人，張琳根本就不費什麼力氣。

兩個車夫嚇壞了，他們從沒見過身手這麼矯健

的人，而且還是幾個孩子。

米德已經發現不對勁，轉身就想跑，張琳一個箭步跨過去，一把揪住了米德。

「不要殺我呀──」米德連忙叫了起來，「我給你們金子──」

「把他拉進去──」我和張琳一起把米德拖進了門衛室裏，西恩則在外面看管住兩個車夫，幾個士兵此時東倒西歪地在喊痛，西恩也控制住了他們，叫他們不要大呼小叫的。

米德被拖進門衛室，張琳用劍刃指着米德，霹靂劍的劍刃閃着藍光，張琳冷冷地看着他。米德渾身上下不停地抖，他嚇壞了。

「快説，怎麼發現我們不是辛克的人的？」我連忙問。

「我和辛克有約定，唸出暗語的時候，就是『我覺得明天不會下雨』這句，我們兩個的手同時要指着天空，但是你們沒有指，所以説你們的暗語可能是聽來的，反正不是辛克親自傳授的……」米

德哆哆嗦嗦地説，「我覺得，你們是假的⋯⋯」

的確，我們的暗語是卧底傳遞回來的情報，看來不全面，而這足以讓米德發現我們是假冒毒狼集團的人，不過這已經不重要了，既然現在一切都挑明了，我們也就不掩飾了。

「那現在就實話告訴你，我們是辛克那個時代維護正義的警察，專門懲戒辛克這樣的壞傢伙！你馬上帶我們去鑽石那裏，我們要拿走鑽石！」我直接説，「聽着，米德，如果你要耍花招，小心點！」

説着，我看了看張琳，張琳點點頭，她把手中的劍晃了晃，米德嚇得立即往後一躲。在具體執行任務的時候，張琳和我的配合是非常有默契的。

「是，是，我聽你們的。」米德連忙點頭，也許是受了驚嚇，他一直惶惶不安的，「我不敢耍花招⋯⋯我就是想喝點水⋯⋯」

「這個可以。」我説。

張琳在房間裏給米德找了些水，米德很緊張，

大口地喝了下去，隨後靜靜地坐了一會，算是平復心情。過了一會，張琳開始催促米德，我們要儘快去拿到鑽石。

米德有些不太情願地站起來，我們押着米德出了門衞室，米德按照我們的意思，對那些士兵説剛才發生了一場誤會，我們其實是他的朋友，現在他要和我們出去一趟，而家裏的情況一切照舊，更不要跟着他去。

我們才不管那些士兵信不信呢，拿到鑽石我們就走了，而那幾個士兵明顯也將信將疑的，但是也沒什麼辦法。我們押着米德上了一輛牛車，西恩駕車，我和張琳一左一右坐在米德身邊，米德則不住地求饒，他很怕我們傷害他。

「別叫了，拿到鑽石，一切無事。」張琳很不耐煩地説，此時她早就把霹靂劍收進了先鋒寶盒裏。

米德很是害怕地低下頭，不説話了。

牛車穿過熱鬧的街市，我們無心觀看這古埃及

的街景，西恩駕車按照進來的路線向城外疾駛，我和張琳謹慎地看着身後，唯恐米德家裏的那些士兵追來，不過還好，我們出了城，沒有誰追來，當然也沒有誰知道我們要去哪裏。

西恩駕車向金字塔方向快速駛去，米德被逼着在後面指路。遠方的金字塔越來越近、越來越大了，真是太壯觀了，我發現我們處於一個金字塔羣前，各個雄偉高大的金字塔被藍天白雲映襯得金光燦燦。

「……右邊那座，前邊的岔路向右……」米德有些不情願地指揮着西恩。

CHAPTER 6

地下室

　　西恩駕車來到了一座高大的金字塔前，前面有一座不大的房子，兩個士兵看到來了一輛車，從房子裏面走了出來，這裏是進入金字塔區域的關卡。米德説這座金字塔叫尼特倫金字塔，當代的法老尼特倫死後就會被安葬在裏面，這座金字塔剛建成沒多少年。

　　「啊，是米德大人。」一個士兵看見米德，連忙鞠躬。

　　「最近一切都好吧？」米德問道，他的腰部能感到張琳的劍刃。

　　「都很好。」兩個士兵一起説。

　　「好好看守，尼特倫王會獎賞你們的。」米德説。

　　「是。」兩個士兵都非常高興，立即鞠躬。這兩個士兵絲毫沒有對我們三個起疑心，甚至都沒怎

麼多看我們。

　　牛車駛進了關卡，我們來到了金字塔巨大的塔身前，目測這座金字塔基座長度在一百五十米左右，高近百米。這個區域果然是王室禁地，一個人都沒有，米德説這些金字塔每一邊都有幾個士兵把守，外人不可能進來。

　　「辛克給了你多少錢？你敢把鑽石藏到這裏？」我們到了金字塔前，西恩第一個下了牛車，隨口問道。

　　「這個……嘿嘿嘿……」米德有些尷尬地笑了起來，「我也是為了生活嘛，我有那麼多家人要養……」

　　「你夠有錢的了。」西恩感慨地説，「我很奇怪，辛克怎麼找到你的？」

　　「他來了以後……我是説他從你們那個時代來了以後，噢，你們那個時代，真難以想像……」米德也感慨起來，「他就打探，聽説我……對錢比較……感興趣……就找到了我，我也不得不聽他的

呀，你們都能從幾千年後過來，都很厲害……」

「別在這裏辯解了，我只能告訴你，辛克在我們那個年代，不是好人。稍微想想就能明白，穿越時空到這裏藏寶物，這能是好人的舉動嗎？」張琳有些不高興了，說道，「這你應該清楚。」

「是，是。」米德連忙堆笑，「辛克不是好人，你們是好人，很好的人……我也很想去你們那個時代看看，真是太神奇了，你們居然從幾千年後來，當然，你們確實都很厲害，尤其是你，這麼小就那麼厲害，啊，那個辛克也很厲害，所以我相信這些神奇的事了。」

「我們那個時代已經有一些壞人了，不需要你去了。」張琳嘲諷地說，「居然敢在王室禁地私藏財物，不管你知不知道那鑽石其實是贓物，起碼你這樣做，就是為了錢，就是違反你們這裏的規矩。」

「我、我是很喜歡錢的。」米德一直都很尷尬，他滿臉都是笑，看得出，他很怕張琳。

米德説鑽石就藏在金字塔底的地下室裏，我們先要登上基座，再爬二十多米，入口就在那裏，進去後能直接通向地下室。我們沿着金字塔的石階開始攀爬，這裏每塊巨石都有一人多高，有一條木板通道直通上面的通道，未來法老安葬進金字塔，應該也走這條通道，隨後通道將被永久拆除。

我們沿着木板通道到了距離地面二十多米的一個平台那裏，這裏的一圈巨石看上去和其他地方沒什麼區別。米德駕輕就熟地走到一塊巨石旁，手伸向巨石上的一處凹槽，我們這才發現，這塊巨石和其他巨石的區別就是有一個很深的凹槽，米德推動凹槽，巨石居然像旋轉門一樣，開始轉動，並發出摩擦聲。

「你們跟我進來。」米德説。

我們連忙跟着米德「轉」進了塔身裏，米德進去後，在身邊的一個石窩中熟練地拿出一個火把，用火石打亮了它。在火把的照耀下，前方，一個長長的通道出現了。這個米德似乎經常來這裏。

「法老王會把一些重要的東西存放在金字塔裏，有時候我會來取，所以……」米德看着我們説，他看出了我們的詫異，所以不用我們發問，自己解釋起來，「通道一直向前走幾十米後，會出現岔道，向上的通往墓室，向下的通往寄放東西的地下室。」

　　「鑽石在地下室？」張琳追問了一句。

CHAPTER 7

鑽石不見了

　　米德點點頭，帶着我們向地下室走去。我們向前走了五十多米，前面果然出現了兩條通道，一條向上，一條向下，我們走進了向下的通道，又走了二十多米，前面出現了一個很大的石屋空間，這裏就是金字塔的地下室了。這個地下室裏放着幾個石頭製造的大箱子，還有一些小木箱子，地下室的四壁刻滿了我們在課本上和博物館裏見到的那種古埃及生活場景和象形文字。

　　米德把火把插在牆壁上的一個鐵環上，那裏顯然就是用來插火把的，他走到一個木箱子邊，打開蓋子，他有些顫抖地從箱子裏拿出一個小盒子，西恩連忙去接。

　　「等一下，還要開鎖呢。」米德躲避着，他忽然看看我們，「給你們鑽石，你們就會放過我，就當什麼事情都沒發生過？」

「沒錯。」西恩連忙說。

米德點點頭，從口袋裏掏出一把鑰匙，打開了盒子上的鎖，隨後把盒子給了西恩，西恩很是高興，飛快地打開盒子。

我們滿心歡喜地看去，拿到鑽石，我們就能回去了。

盒子打開，現實震驚了我們，盒子裏面除了一張小紙條，空無一物。西恩拿起小紙條，紙條下也沒有鑽石，就只有那張上面好像有些文字的紙條。

我們全都愣住了，盒子裏根本就沒有鑽石。米德一副驚慌失措的樣子，他小心地看着我們，忽然，他像是發現了什麼，指着石壁。

「啊——那是誰——」米德突然大喊起來，「啊——」

我們轉身向石壁那裏望去，石壁上只有火把透射出來的我們的身影，這時，米德拔腿就向外跑去，他出了地下室，手往旁邊一伸，拉下了機關，一道巨大的鐵柵欄門「轟」地落下。張琳本來已經

追到地下室出入口了，但落下的鐵柵欄門當即把張琳攔住了。

　　米德大叫着，向金字塔外跑去。張琳抓着鐵柵欄門上的鐵條，用力去掰，她的力氣很大，鐵條似乎有點變彎，不過這時通道盡頭隨即傳來巨石關閉的聲音。

　　「先不用花那個力氣。」我拍了拍張琳，「有辦法出去，我們先看看這張紙條，有字的。」

　　紙條上是古埃及文字，背面我也看了看，只有一條像「1」字一樣的長長的豎線，我舉起手，露出手錶，這萬能手錶帶有翻譯功能，我按着手錶旁邊的按鈕，手錶的各種功能以電子數位的形式出現在錶罩上，我調到「翻譯」功能，隨後把紙條放在錶面，過了五秒鐘，我拿下了紙條。

　　兩排綠色的文字出現在錶罩上，古埃及文字已經翻譯成現代文字了。

　　「找到主人，晃來晃去。」西恩把頭湊過來，一字一字地唸出。

「找到主人，晃來晃去？真是奇怪的文字……紙條背面是條豎線，手錶沒有翻譯，應該就只是豎線吧，或者是誰隨意畫了一道。」張琳皺着眉，一副不解的樣子，她看看我，「這段文字……分析大師，看你的了。」

「毫無頭緒，目前難以解釋。」我説着看看四周，感覺呼吸有點困難了，金字塔的密封性很好，米德關閉外面的出入口後，空氣很難進來了，還好地下室空間大，儲留了一些空氣，「現在不是展開分析的時候，不能在這裏久留，我們先出去再説。兩種方法：一是掰開鐵欄杆，鑽出去，但是通道口應該被米德用巨石封閉住了，強行打開並不容易；二是穿越出去，但是在這裏穿越屬於二次穿越，有一定的風險……」

CHAPTER 8

再次找到米德

　　逃走的米德以為我們被困在裏面了，可我們是什麼人？我們是具有穿越能力的超能力者，我們穿越的不是物體，而是空間，只要不對我們實施穿越的條件干擾或者設限，我們可以穿越到稍早前的時間，而落地地點，我們可以調整到孟菲斯城裏，只是這種無限穿越方式，並非直接穿越回去原來時代，屬於二次穿越，較難把握落地點。孟菲斯城不遠就是尼羅河，要是落到河裏，落地點一定是河底，危險性就很大了。

　　「二次穿越！」西恩很是堅決地說，他看看張琳，有些小心翼翼的，「這次我的選擇一定沒錯。」

　　「我也是這個意思，來，無限穿越，時間地點設定穿越到十分鐘前的孟菲斯城。」我說着伸出了手，我已經檢測了周邊，沒有任何對我們穿越的干

擾，「回去找那個米德，問問這紙條上寫的是什麼意思。」

張琳和西恩把手搭在我的手上，我們相互點點頭，由於是短時間穿越，落地點和我們的穿越實施地點也很近，所以無需總部的穿越輔助。我張張手，呼喚出了穿越通道，隨後和張琳、西恩一起走進通道。

「十分鐘前尼羅河畔孟菲斯城中！」我大聲說道。

「唰——」的一下，一道閃光劃過我們，我們進入到一個時空隧道之中，也就幾秒鐘，我們看到一個出口，而且並沒有水湧進來，我們絕對沒有落到河底，我寬心多了。我們從出口跳出，落在一幢房子旁，看看身邊，我確定落地點是孟菲斯城。這時，一個老奶奶正從房子前經過，看到我們冒出來，嚇了一跳，她都不敢相信自己的眼睛。

「你們從哪跳下來的？」老奶奶看了看房頂，「沒事不要亂跳，很危險的，摔倒可怎麼辦？」

「知道了，老奶奶。」張琳連忙説，「請問米德大人家在哪裏？」

「噢，米德，米德，愛錢的米德。」老奶奶説着指了指身後，「向那邊走，一會就能看見一個漂亮的房頂，就是他家了。」

「謝謝。」張琳連忙説。

我們沿着老奶奶指的路向米德家走去，果然，我們很快就看到了米德家的房頂，他家我們可是去過的。

「他現在一定還沒回來呢。」西恩笑着説，「我們在門口等着他，我真的很想看到他那吃驚的樣子呀。」

「好，就在門口等着他。」我點點頭，我也想看到米德那吃驚的樣子。

我們等在米德家門口，他家門口的兩個士兵繼續在那裏把守，似乎什麼都沒發生過。過了一會，只見米德駕着牛車，心有餘悸地跑了回來，不等他到門口，我們就跑過去，張琳伸手拉住了牛的韁

繩。

「你們、你們……」米德驚叫起來，我們都看到了他驚異的表情。

「我們穿越回去，吃了點東西，然後又來找你了。」西恩得意地笑着，「噢，我們還睡了個午覺呢。」

「你可是和我們耍花招了。」張琳手中的短劍在手指間飛轉，似乎就要戳向米德，不過她手中的短劍並沒有變長。

「饒命呀！」米德差點哭出來，「我、我得罪了你們，饒了我吧，下次不敢了……」

「你還想有下次？」西恩立即瞪着米德。

「我們進去說。」我看了看周圍，已經有幾個路人看着我們了。

我說完後，跳上了牛車，西恩和張琳也跳了上去，張琳上去後把短劍頂在米德的腰上，米德立即挺直了身子。

西恩駕車進到了米德的府邸，看到米德回來，

那些士兵都鬆了口氣，一個士兵報告說管家和幾個僕人剛才出去找米德了，但是沒有找到。

「沒事，沒事，我都說沒事了。」米德看看身旁的張琳，然後看着那些士兵，「你們聽着，這幾位都是我的朋友，你們該幹什麼就幹什麼，別管我。」

米德目前還算配合，我們把他帶到第一次見到他的房間，進去後，我都不想和他計較把我們鎖在金字塔裏的事，只想直接把紙條拿給他看，問他上面寫的意思是什麼。

「我、我真的不想把你們關在裏面的。」米德似乎有些委屈，「我想辛克已經死了，你們把鑽石拿走，就算辛克手下找來，我就說鑽石被你們搶走了，他們也不能拿我怎麼樣……可是鑽石不見了呀，你們沒拿到鑽石，我也沒動過鑽石，鑽石不知道哪裏去了，我沒辦法，剛才真的是說不清楚了，所以就關上閘門跑了，我不想的……」

「你把石頭轉門也關上了，想憋死我們。」張

琳很憤怒地説。

「我⋯⋯我錯了，我⋯⋯」米德低着頭，連忙説。

「你説你沒有拿走鑽石？」我問。

「真的不是我拿走的，我也是突然發現盒子裏沒有鑽石了，否則也沒必要帶你們去金字塔裏了，要是我拿走的，你們怎麼處置我都行⋯⋯」米德很委屈地説，看樣子不像是撒謊。

「有沒有可能是別人拿走的？」我提醒米德，「你想想。」

「沒幾個人能進去呀。」米德説，「再説盒子只有我有鑰匙，那盒子可不是隨便誰就能撬開的，只有用鑰匙才能打開，可鑰匙一直在我這裏，我平時就帶着。」

「鑽石真不是你拿走的？」張琳還是半信半疑地問。

「如果是我拿走的，你們一進地下室我就會找機會關上柵欄門跑掉，沒必要等你們看到盒子裏沒

有鑽石才跑……」

　　我微微地點着頭，看來米德確實沒有撒謊。我拿出那張紙條，遞給米德。

　　「紙條上說的是什麼？」我問米德，他當然認識古埃及文字，我要再確定一下文字說的是什麼。

　　「找到主人，晃來晃去……」米德唸出了紙條上的字，他又把紙條翻過來，看到只是有條豎線，並沒在意，他關注的也是文字，「這、這……我不知道呀，怎麼會放這樣一張紙條？這是誰寫的？是什麼意思呀？」

　　「你真不知道這是什麼意思？」我追問道。

　　「我、我真不知道！」米德一臉的無辜，「誰會這麼幹呀？拿走鑽石還留下這樣一張紙條，有什麼意義？惡作劇？不會吧，這難道讓我們猜謎嗎？」

　　「看來你確實不知道。」我對自己察言觀色的能力非常有信心，米德顯然也不知道紙條上的文字

意思，鑽石也不是他拿走的，我環視着大家，擺了擺手，「稍等一下，我想一想……」

張琳他們立即不說話了，西恩甚至還退了兩步，唯恐打擾到我。現在排除了米德拿走鑽石的可能性後，作為分析大師的我，要很快解讀出紙條上的意思，難度可真不小。我長出了一口氣，隨後開始觀察米德的房間，我的心裏開始盤算着紙條的意思，但是經驗告訴我，很多時候直接去片面地想已知資訊，往往很難取得什麼收穫。

CHAPTER 9

分析

　　我手裏拿着紙條，忽然，看到了那張躺椅，剛才米德就是在這裏毆打那個叫科坦的僕人的。

　　「米德，你説打開放鑽石的小盒子必須用鑰匙？」我問道。

　　「對，那小盒子是撬不開的，鎖的結構很複雜，目前我們這裏無人能撬開。」米德説。

　　「那麼能接觸到鑰匙的，除了你就是你的太太了吧？」

　　「我知道了，拿走你鑰匙的一定是你的太太。」西恩叫了起來，「你太太也惦記着那鑽石呢，你們一家都愛錢。」

　　「我太太？」米德先是一愣，隨後看看我們，「這可能嗎？她倒是很喜歡錢，這點我承認，可是……」

　　「你太太在你身邊呀，拿走鑰匙使用一次再還

回來，或者乾脆配一把，太方便了。」西恩很是肯定地説。

「這種可能是存在的。」我想了想説，「可以把你太太請來，詢問一下⋯⋯也許她也不知情，但是受別人指使拿走了鑰匙。」

「不知情，她不知情，如果鑰匙是她拿走，就一定是受人指使。」米德語速飛快地説。

説完，米德就看着我們，我們也看着他。

「喂，我説，那就把她叫來問問呀。」西恩提醒米德。

「把她叫來？」米德面露難色，「真的要問嗎⋯⋯我有點怕她⋯⋯」

「當然要問。」張琳説話了，她嚴厲地盯着米德，「這關係到鑽石的去向！」

「好、好吧。」米德很無奈地説，他轉身向外大喊，「來人──」

一個僕人走了進來，不過這人不是科坦，米德叫他去把太太請來，那人答應一聲，連忙走了。

那人出去後，米德就有些心神不寧的，他很焦慮地來回走動着。不一會，門被重重地推開了，一個胖胖的女人像山一樣地移動了進來，她胖得連腳都看不見了，她的體積大概是米德的三倍。

　　「米德，什麼事？」那胖女人一定就是米德太太，她一進來就很不高興地問，「我正吃東西呢。」

　　「噢，夫人，你來了。」米德連忙滿臉堆笑，「啊，這三位是我的朋友，新認識的。」

　　我們都對米德太太點點頭，米德太太很疑惑地看着我們，她一定很奇怪為什麼米德有我們這樣年紀小的朋友。

　　「夫人，有件事，我有一把鑰匙，就是金黃顏色的那把小鑰匙，你有沒有……用過？」米德小心地問。

　　「鑰匙？金黃色的？」米德太太搖搖頭，「我沒看見過，丟了嗎？你自己放到哪裏了？」

　　「沒丟，我就是想問問你用沒用過？」米德有

些着急了，「鑰匙很重要，能打開一個放鑽石的盒子……」

「什麼？」米德太太頓時生氣了，她上去一把揪住米德的耳朵，「什麼鑽石？你藏着的鑽石？怎麼沒和我説過？很貴嗎？是不是你私藏起來了……」

「啊呀呀——」米德叫了起來，「不是啦，是幫別人的，很貴重，放在我這裏……」

「米德太太，別打他呀，他確實是幫人家放的鑽石……」我們一起上去勸阻。

「這是我家裏的事，小孩子到一邊玩去。」米德太太瞪了我們一眼，隨後繼續狠揪米德的耳朵，「懷疑我偷你的鑽石嗎？什麼鑽石值那麼多錢？我缺錢嗎？我用偷鑽石嗎？」

「夫人饒命呀——」米德痛苦地叫着，「你看看，你都説了，你不缺錢，你要什麼我就給你什麼，我也沒必要藏着一顆鑽石呀，我真是幫別人藏的……」

「嗯⋯⋯」米德太太想了想，鬆開了手，隨後翻翻眼睛，「我還真是從不缺錢，我要什麼有什麼⋯⋯」

「是呀。」米德捂着紅紅的耳朵，很是委屈，「鑽石不見了，放鑽石的盒子只有那把鑰匙能打開，所以我就問問，我可沒說是你拿走的。」

「我沒見過！」米德太太大聲地說，「自己的東西找不到了，就知道問我，我不知道！我繼續去吃了，你慢慢找⋯⋯」

說着，米德太太就向外走去。西恩想去拉住她，我急忙拉住西恩，我大概判斷出來，鑽石不見的事應該和米德太太無關。

「夫人慢走⋯⋯」米德捂着耳朵，追上去兩步，米德太太因為非常胖，走路很慢。

「你太太從不缺錢，每天都吃喝玩樂吧？」米德轉身回來，我上前一步問道。

「是呀。」米德點點頭。

「鑰匙的事和米德太太無關。」我看看大家，

「從她自身情況看，身體太胖，養尊處優，行動都緩慢，拿走鑰匙去金字塔取走鑽石，參與到這樣一件事中來，不大可能。而且她從不缺錢，拿走自己丈夫保管的鑽石的可能性也不大。」

「就是呀！她每天就是吃喝玩樂，她根本就不出城的。」米德連連地說，他還捂着那紅紅的耳朵，「她要是拿了鑰匙去金字塔開盒子，士兵也會和我說的。」

「嗯，明白，現在能排除她。」我指了指躺椅，其實剛才和米德太太的談話還沒結束，我就想到了另外一個人，「剛才被你罵的那個年輕人，也能接觸到鑰匙吧？」

「科坦？」米德愣了一下，「他幾年前就跟着我了，是我的貼身僕人，確實和我去過金字塔裏，有時候我去王宮也帶着他，不過他就是一個僕人，拿走我的鑰匙幹什麼……」

「是不是可以這樣說，除了你太太，他是唯一能接觸到你鑰匙的人？」我打斷了米德的話，問

道。

「是的。」

「他去過金字塔裏？」

「是的，有些祭祀用品，很沉，我帶他進去幫我拿出來。」

「你剛才説王宮他也去過？」我忽然意識到了什麼，現在我要更加確認這點。

「經常去，他是我的貼身僕人呀，要幫我提拿東西，我可是庫什總管，高等大臣，當然身邊要有人伺候着。」

米德的話衝擊着我的大腦，我是分析大師，具有超強的聯想分析能力，直覺已經告訴我了，這個科坦一定不一般，他和鑽石的丟失以及那張紙條一定有聯繫。

我的大腦中，一條模糊的資訊鏈已經呈現出來，在這條資訊鏈上，一直有着這個名叫科坦的僕人，隨着證據和分析的添加，資訊鏈將非常清晰。

「現在的法老王叫尼特倫對吧？」我看看米

德。

「是的，不過陛下的名字可不是隨便叫的。」米德居然開始糾正我。

「尼特倫金字塔，即你放鑽石的金字塔，是尼特倫去世後的陵寢，尼特倫當然就是這座金字塔的主人。」我進一步分析道，「不僅僅是金字塔，金字塔裏的一切器物，都屬於尼特倫，包括那枚鑽石，儘管是你幫辛克放進去的，但是也可以理解為尼特倫的東西，所以，紙條上的『找到主人』，可以理解為鑽石被拿到了尼特倫的身邊，也就是說鑽石現時在法老王尼特倫那裏！」

我的話像是平靜的大地響起了驚雷，大家都驚異地看着我，張琳和西恩隨即露出信服的目光，他們當然知道我的超強分析力。

「怎麼會放到陛下那裏的⋯⋯」米德明顯有些懷疑這個分析。

「『晃來晃去』？會不會是鑽石被鑲嵌到了法老王的王冠上？因為法老王的頭會晃動⋯⋯」我又

想了想説，「把鑽石從金字塔裏拿走，放到法老的身邊，也許在王冠上，也很安全……」

「陛下……很少戴王冠……」米德忽然説，他似乎察覺到了什麼，説話有些猶豫。

「那就是……」我把紙條翻轉過來，看着那條豎線，「權杖……」

我説這話的時候，米德也脱口而出「權杖」兩個字，我倆幾乎同一時間説出這個詞，然後互相看了看對方。一般法老的權杖就是一根長長的棍子，外表會鍍金，並彩繪一些圖案，也會鑲嵌一些珠寶。

「陛下有時候倒是會拿着權杖，那個權杖的底部，正好鑲嵌着一顆藍寶石，和辛克拿來的那枚一模一樣，大小也基本一樣，不過陛下權杖上那枚並不非常值錢……」

「這就對了。」我長出一口氣，「權杖拿在手上，當然是晃來晃去的，把辛克的鑽石鑲嵌到尼特倫的權杖上，可真是保險了，法老本人也成了看護

者了，而這一切，都應該和科坦有直接關係。」

　　「你這樣說，意思是這都是科坦做的嗎？」米德叫了起來，「他倒是有條件這樣做，他能拿到我的鑰匙，也能接觸到權杖，可是他怎麼會這樣做？辛克聯繫的是我，怎麼還會聯繫科坦？他只是一個僕人呀……」

　　「一個非常有用處的僕人。」我打斷了米德的話，「辛克採用了雙保險機制。」

　　「雙保險機制？」米德一愣。

「簡單說，如果你要私吞這枚鑽石，或是管理不善，那麼辛克就有制約你的人，他就是隱藏起來的科坦。」我看着米德，「他能買通你，也能買通科坦，只不過你不知道而已。」

「哇——科坦——小小的僕人——」米德頓時暴跳起來，「我……」

「科坦在哪裏？馬上把他找來。」我對米德擺擺手。

「科坦？」米德又是一愣，他走出門向對面房間看了看，「啊呀，他應該一直在旁邊的房間裏的，怎麼不見了？科坦——」

米德大喊着衝出房間，張琳緊緊跟上，這個米德，剛才可是把我們關在金字塔裏的人，不得不防備。

「科坦應該是有所動作了。」我對西恩說，

「他要是發現我們來找鑽石，一定先下手的⋯⋯」

米德還站在門口喊着，這時，一個女僕走了過來。

「老爺，剛才我碰到了科坦，他向王宮那邊走了，好像是要去王宮。」

「他去王宮了？」米德聽到這話，頓時呆住，「今天我沒派他去呀？」

「這我就不知道了，不過他走路的樣子很是匆忙。」女僕回答。

「科坦能接觸到法老的權杖嗎？」我也感到科坦此時去王宮非常蹊蹺，連忙問米德。

「他是見不到法老王的，但是他能以我的名義進入宮中的庫房，有時候我會派他去那裏取一些東西，那裏的人都認識他。」米德説，「權杖就在宮裏的庫房裏，庫房在陛下寢宮旁的偏殿，他應該能接觸到的。」

「凱文，他去那裏應該和鑽石有關。」張琳焦急地説。

「對，不用細想，一定和鑽石有關。」我説。

「今天有早朝，現在應該還沒有下朝，早朝的時候陛下手裏都是要拿着權杖的，下朝後會放回到庫房。」米德急促地説，他突然揮着手臂，大喊起來，「備車——備車——我要入宮——」

米德説着就向大門口跑去，我們三個連忙跟上。但願能趕上，否則科坦不知道會把鑽石拿到什麼地方去，因為我感覺鑽石就是科坦轉移到法老的權杖上去的，但是今天看到我們來了，他不放心，可能又要轉移鑽石。

「科坦這傢伙，沒想到呀沒想到……」米德一邊跑，一邊恨恨地説。

我們在門口上了一輛牛車，還是西恩駕車，這次的方向是王宮，米德指路。米德府邸裏的那些士兵看着進進出出忙忙碌碌的米德，還一直跟着我們三個，都很是不解，但也不好多問。

「你説今天有早朝，你還説你是高等大臣，你為什麼不上早朝？」坐在車上，我問米德。

「我負責保管陛下的重要器物，國家大事我不管的，所以不用上朝。」米德解釋道，「哎呀呀，估計已經下朝了，可別讓科坦拿走了呀……」

我們的牛車飛快地跑在街上，我們即將進入古埃及的王宮，甚至可能見到法老王，但是我們的心情可不在於此，科坦一旦拿走鑽石，應該是不會再回到米德的府裏了。

前方，突然出現了一排巨大的石人座像，這些石人座像足有兩層樓高，它們身着古代埃及人的裝束，頭戴高高的圓帽，身上都是藍、綠色的彩繪。石人全都是相對而坐，中間是一條長長的石板通道，通道的這邊有好幾名士兵把守，通道的盡頭，出現了一個高大的城牆建築。

米德告訴我們，那裏就是王宮了，不過我們不是王宮大臣，不能走石像前的通道，我們要從王宮的側門進去。

西恩把車停在王宮的側門，這裏有好幾個士兵把守，米德帶着我們就往裏面衝，那些士兵都認識

米德，全部立正，不敢阻攔。

「陛下下朝了嗎？」米德問一個士兵。

「剛剛下朝。」那個士兵立即説。

「科坦來過嗎？」

「進去一會了，説是幫大人你取東西。」

「我什麼時候叫他取東西？我什麼時候叫他取東西？」米德氣呼呼地説，他帶着我們向王宮裏走，「他還沒有出來，他也在等陛下下朝，這樣才能拿到權杖，我們能攔住他。」

法老的王宮非常漂亮，每所房子不僅高大，更是非常整潔。米德説法老上朝時都會拿着權杖，下朝後一般會回到寢宮。權杖等器物這時不使用了，會放在寢宮旁的一所配殿裏，科坦此時應該在那裏等，不過權杖等器物是有士兵看守的，不知道科坦會編造什麼理由去拿走權杖，以前米德讓他拿的都是法老不同的印信等物品，從沒有讓他動過權杖，因為權杖並不歸米德管理。

我們急匆匆地來到法老寢宮旁的配殿，配殿

的門口沒有一個人，米德到了以後就要推門往裏頭衝，張琳拉住了他，隨後走到門口，悄悄地推開門，第一個走了進去。

進門之後，首先映入眼簾的就是兩個倒在地上的士兵，跟在張琳身後的米德大吃一驚，我們也都緊張起來。

米德指了指裏面的一個小屋，示意那就是放權杖的房間，我們向小屋走去。張琳做好了攻擊的準備。

這時，從小屋中走出來一個人，手裏拿着一根權杖。

「啊──」那人看到我們，驚叫一聲。

「啊──」米德也被嚇得驚叫一聲，不過他隨即反應過來，「科坦──你竟敢騙我──」

拿權杖的人正是科坦，看到我們，他進退不是，西恩衝上去就搶那權杖，科坦當然不給，西恩一拳打在他身上，科坦頓時倒地，西恩一把搶過權杖來。

權杖的手柄下，鑲嵌着一顆藍色的鑽石，我可是能分辨珠寶真假的人，稍微看了一眼，我知道，這就是我們要找的那枚價值上億的珍貴鑽石。

　　「你怎麼會來拿鑽石的？盒子裏的鑽石是不是你拿走換到權杖上的？你還留了張紙條，這都是怎麼回事，你給我説──」米德衝上去，用力卡着科坦的脖子，看得出來，米德非常憤怒，自己身邊居然出了一個這樣的人，米德的心情倒是能理解。

　　「大人，饒命呀──」科坦被卡得幾乎説不出話來，他個子小，明顯打不過米德，「是那個辛克，暗中給我一大筆錢，都是他安排的呀……」

　　「你別把他掐死了。」張琳走過去拉住米德，「你聽聽，他也是為了錢，你不也一樣嗎？辛克也給了你錢呀，你往法老的金字塔裏放外面的東西，讓士兵免費幫你看管……」

　　「我……我……」米德一時説不出話來。

　　「你不是已經把鑽石換到權杖上了嗎？怎麼又要換走？」張琳看着科坦問。

「本來確實換到權杖上了，但是今天看到你們進來，偷聽到一些你們的話，感覺你們很厲害，能破解紙條上的文字，我就不放心了，準備再次轉移鑽石，但是剛拿到權杖，聽到外面有聲響，出來一看，就……」科坦連忙説。

我不想多問科坦了，我在想着如何找個地方儘快地穿越回去，我們的任務已經完成了，我要先卸下寶石，法老的權杖我們不會拿走，至於米德，應該也不會把科坦怎麼樣，最多就是趕走科坦。正在這時，外面的門被推開了。

「真是夠熱鬧的呀，你們幹什麼呢？」一個聲音先飄了進來。

隨後，一個衣着華麗的中年人走了進來，他個子不算高，眼睛很大，顯得很是精神，他的表情有些慵懶，但是看到地上兩個倒下的士兵後，頓時愣住了，神情也緊張起來。

「陛下──」米德立即立正鞠躬，模樣非常恭敬。

「陛下——」科坦鞠躬達到了九十度，而且彎下腰就不再起身了。

「你們⋯⋯你們⋯⋯這是幹什麼？」進來的正是法老尼特倫，「我剛好從這裏經過，就聽到你們在這裏亂吵，他們倆怎麼倒下來？這幾個小孩是誰？你們拿着我的權杖幹什麼？你們要造反嗎？」

「陛下，你聽我解釋，這都是科坦這個傢伙在搞鬼，是他把這兩個士兵打倒的⋯⋯」米德連忙說，「不關我的事⋯⋯」

「我就是用了點迷魂香，我沒打他們，一會他們就會醒來。」科坦連忙辯解，「我也沒想造反，我就是想拿回放在權杖上的東西⋯⋯」

CHAPTER 11

衝出王宮

「我聽不懂你們說的是什麼！」尼特倫有些生氣了，「我的權杖上怎麼有你們的東西？喂，哪裏來的孩子，把權杖還給我──」

尼特倫指着西恩大喊起來，此時他大概不想弄清楚是怎麼回事了，只是急着把權杖拿回來，那可是他權力的象徵。

「不給你──」西恩才不肯把權杖給尼特倫呢，他看着尼特倫，「你、你還是先管好你自家的事吧，小心你第十個兒子，他會搶走你的王位呢……」

西恩來自幾千年後的現代，對於古埃及的歷史有所了解，他說出了歷史上發生過的事。不過尼特倫不會知道這件事，而且這件事最終並沒有成功。

「你在說什麼？我現在才有九個兒子，你是哪

裏來的小騙子——」尼特倫真的生氣了，尤其是看到西恩一直拿着自己的權杖，他大喊一聲，「來人呀——」

話音剛落，配殿的門就被完全打開，外面走進來六、七個鎧甲武士，他們都是尼特倫的貼身衛士，非常兇悍，最後一個進來的鎧甲武士看到配殿裏的我們也有好幾個人，大喊着跑回去叫援軍了，法老寢宮旁就駐有一隊五十人的鎧甲武士衛隊。

　　「大將軍——把這些人都拿下——」尼特倫指着我們，對身邊一個鎧甲武士説，這些鎧甲武士可不同於城門站崗的士兵，他們不僅身材高大，身上都披着重甲，為首的兩個都是法老的將軍。

　　「幾個小孩子，啊，還有米德。」大將軍衝了上來，他一臉的輕蔑，「快把手背過去，我們要把你們綁起來。」

　　張琳一步就擋在大家面前，大將軍一愣，伸手就去抓張琳，結果被張琳順勢抓住手臂，一拉，大將軍一個前衝，差點摔在地上。大將軍頓時就愣住了，他當然沒想到張琳有這麼大力氣，而且還是個小女孩。

　　「笨蛋——連個小姑娘都抓不住——」尼特倫

也瞪大了眼睛，他大叫起來，回頭看看另外幾個武士，「還不快上——」

大將軍和那幾個武士一起撲向我們，米德和科坦無奈地站在那裏，當然他倆也不想被抓住。此時我們三個面對撲上來的武士，一起出手了，我們才不能讓這些武士抓住。

一個武士撲向我，我根本就不躲閃，迎面先抓住那個武士的手腕，隨後一甩，那個武士就飛了出去，撞在了牆上。看到遭遇到抵抗，那個武士惱羞成怒，一下就把佩劍拔了出來，大喊一聲，砍了過來。雖然我手無寸鐵，但是對付幾個持械的武士還是不在話下的，我閃身躲過，一拳砸在那武士身上，他慘叫一聲摔在地上，劍也掉在地上。這時，有一個武士揮着寶劍砍過來，我再次閃身躲過，一拳砸中他，又是一聲慘叫，這個武士也倒在地上。

房間裏，所有的武士都已經拿出了武器，不過沒幾下就被我們三個打得東倒西歪，門口的法老王

尼特倫從來沒見到過這麼厲害的小孩子，他倒退着出了大門，米德和科坦看我們佔了上風，倒是很欣喜，走過來緊緊地躲在我們中間。

此時，門外的情況不一般了，五十個手持刀、劍和長矛的武士衝了過來，尼特倫退到他們身後，又神氣起來，他大喊着要武士抓住我們。

此地不是久留之處，張琳用眼神示意了我們，我們頓時明白了她的意思，我們要衝出去，先找到一個隱蔽且安靜的地方，隨後快速穿越回去。

「啊——」張琳大喊着，向外衝去，我和西恩在她的左右，一起跟着衝了出去。

米德和科坦也緊緊地跟着我們，他們明白，留在這裏就會被抓住，他們把外面的東西藏在法老王的金字塔裏，被抓到一定會受到嚴厲的處置，只能跟着我們。

法老的武士們也吶喊着衝向了我們，雙方頓時打在了一起，對付這麼多武士，如果時間拖長，我們多少有些力不從心，所以只有儘快衝出去。

張琳打頭陣，她可是攻擊大師，此時她已經拿出了霹靂劍，上下翻飛地撥打砍上來的刀劍，那些武士明顯都不是她的對手，但仗着人多，一個個地衝上來，我和西恩也全力投入搏殺，就連米德和科坦也撿起了武士掉在地上的寶劍，胡亂揮舞着，緊緊地跟在我們身後。

　　我們一路向宮門衝去，很快，我們就看到了剛才進來的王宮側門。尼特倫的那些鎧甲武士大多被我們打倒在地，張琳不愧為攻擊大師，倒地的武士一半都是她打倒的。此時還有六、七個武士緊緊地跟來，不過出了宮門我們就能很快甩掉他們，然後找地方穿越，任務也就完成了。

　　看到我們衝過來，守衞宮門的士兵慌慌張張地關閉上了大門，想把我們堵在裏面，張琳衝上去，幾下就打得那幾個士兵四下逃竄，我上去推開大門，呼喚大家出門，但是剛出宮門，迎面就看到聞訊而來的鎧甲武士戰隊，足有三百人，這可是法老王的作戰部隊，他們得到消息就火速趕來。只見第

一排的武士持劍，後排武士持弓，再後排的武士駕着戰車，他們的指揮官就站在戰車上，我想不僅僅是面前的這支戰隊，而且可能還有其他戰隊趕來，情況萬分危急。我們被堵在了大門口，剛才擊敗那五十多個武士，我們已經很吃力了，現在面對這麼多武士，我們很難突圍，一直緊緊地跟着我們的米德和科坦坐在地上，抱頭大哭起來，他倆絕望了。

「全都退下——」我急中生智，從西恩那裏拿來法老的權杖，高舉起來，「權杖在此，你們看不見嗎？」

CHAPTER 12

西恩的防禦術

　　對面的武士都已經張弓搭箭了，聽到我的話，全都愣住了，不少武士不再瞄準我們，他們放下弓箭，相互議論着，不知如何是好了。後面那個戰場上的指揮官本來高舉着的寶劍也放了下來，象徵法老權力的權杖可是貨真價實的，他們都是見過的。

　　看到我的辦法奏效，大家都很高興，米德和科坦也都不哭了，米德靠着牆邊去取牛車，那些武士就這樣看着我們，而我一直舉着權杖。

　　「喂——你們怎麼不動手呀——」我的身後，傳來了尼特倫的聲音，他和那個大將軍一起出現在我們的身後，尼特倫看到了我手裏舉着的權杖，「權杖是他們搶的，快動手——」

　　「嗖——嗖——嗖——」，尼特倫的話音剛落，幾枝箭就對着我們飛射過來，我連忙閃身，一

枝箭從我身邊飛過，對着尼特倫就射了過去。尼特倫嚇壞了，還好身邊那個大將軍把尼特倫拉到一邊。

「哇——你們沒長眼睛呀——」尼特倫躲在門旁，大聲罵道。

更多的武士重新張弓搭箭，準備射擊我們，這時，我們的防衛大師西恩一個箭步跳在我的身前。

「防禦盾——」西恩的雙手一拋，五枚硬幣大小的圓形鐵片飛向空中，隨後，鐵片急速擴大，五面圓形的盾牌懸浮着擋在我們身前，連米德和科坦身前都有，這時密集的箭枝射了過來，擋在我們身前的盾牌上下翻飛，箭射在盾牌上，全都彈落在地上。

持劍的武士看到射擊無效，舉着寶劍就衝了上來，西恩一個箭步迎上去，大喊一聲「防禦弧」，伸手在地上劃了一道長長的弧線，幾個最先衝過來的武士衝到弧線前，弧線突然冒出閃光，幾個武士

當即就被重重地彈開，後面又上來幾個武士，依舊被彈開。西恩真不愧為我們小組的防衛大師。

「快——快——」張琳大喊着，指揮着米德快點把牛車趕來。

米德親自駕車，把車趕了過來，我和張琳一起跳上車，這時，科坦也要上來，牛車可以坐四個人，科坦上來就很擠了。

「你上來幹什麼？你這個騙子——」米德罵了起來。

「上來吧。」我伸手把科坦拉上車，「要是留下法老饒不了他的。」

這時，戰車上的指揮官揮着寶劍，帶領五輛戰車一起衝撞過來，這幾輛戰車都是身披鎧甲的馬拉的，轟轟作響。我們被弧線保護着，武士們近身不得，但是這幾輛車衝過來，「轟——」的一聲巨響，戰車踏過了弧線，就像是撞開一道牆，弧線防禦被攻破了。

西恩還有招數，他雙手拋出兩枚白色小球，小

球落地後頓時發生爆炸，一片濃濃的白色煙霧頓時就形成，把衝上來的戰車和武士都包裹住了。

「西恩——快——」米德駕車開始奔逃，張琳伸出手，在牛車上大喊着。

西恩轉身就追牛車，幾步就追上牛車，拉着張琳的手上了車。米德大聲地駕駛着牛車，我們的後方，白色煙霧大片大片地翻滾着，能聽到武士們的喊聲，但是他們都沒有追上來。

「去城外——去城外——」我在米德身後，指着城外的方向。

「當然是去城外，這裏還能住下去嗎——」米德頭也不回地駕着車。

「完啦，回不了家了，就為了辛克給的六十兩黃金——」科坦聽到米德的話，大哭起來，「我還有家人呢……」

「什麼？」米德大叫起來，「辛克才給我五十兩黃金——這不公平，我是主人呀，還不如僕人拿的多——」

「科坦，現在就要問你了，盒子裏的紙條是怎麼回事？你是不是辛克當年留下的另一個看護鑽石的人？」此時算是有時間了，我要抓緊問，否則一會我們就穿越走了。

「對，我、我就是……」科坦點了點頭，還偷偷地看看米德。

原來，狡猾的辛克將鑽石委託給米德保管後，還埋下了科坦這一根暗線，為了預防自己這邊出事警方派人來找鑽石，辛克和科坦密謀了好幾個鑽石轉移的去處，法老的權杖只是其中一個。他們約定，辛克通過穿越術，每月的月初都會將一顆紅色的鵝卵石遞送到米德家門口，如果連續兩個月不見紅色鵝卵石，那麼辛克就有可能出事，鑽石的下落也就可能被警方掌握，科坦要立即去轉移走鑽石，並留下暗語紙條指引鑽石的新去向，而只有辛克派來的人會有鑰匙，打開盒子看到紙條後也能讀懂暗語，知道鑽石的新去向。三年前果然有兩個月不見鵝卵石，科坦立即行動，從米德那裏順利地偷走鑰

匙，去金字塔裏拿走鑽石並留下紙條，然後還回鑰匙，找到一個機會把這顆鑽石和法老權杖上的鑽石對調。

上午，我們三個突然到訪，引起了科坦的懷疑，他就藏在窗戶旁，偷聽我們的對話，還偷看到我們押着米德去金字塔，他感覺我們很厲害，大概能推斷出鑽石的去向，覺得鑽石即使是放在法老權杖那裏也不保險，所以去了王宮，想把鑽石再轉移到另一個地方，可是法老正在上朝，只能先等着，等到權杖被放回來。他急着想換回鑽石，被看守配殿的武士察覺出異樣，所以用迷魂香薰暈了兩個武士，剛拿到權杖我們就趕到了。

「真是夠複雜的。」西恩聽完科坦的交待，瞪着他，「鑽石幹嗎不一直放在自己身邊？」

「誰敢呀？萬一弄丟了，辛克説派人就是追到天涯海角也要殺了我的。」科坦心有餘悸地説，「一切按照辛克的計劃指引，剛才我就算拿到鑽石也不會自己拿着，也要存放到另一個地方去，同樣

要留下紙條暗語，告訴辛克派來的人鑽石去向，我想你們不可能連續破解兩張紙條暗語的……」

「我這個高等大臣居然是辛克的計劃裏最表面的保管人！」米德忿忿不平地説。

「還爭這個？很有意思嗎？」張琳在一邊嚴肅地説，「利用別人的安全保障系統存放他人物品，還收錢，你們覺得做得對嗎？」

「『別人』……」米德指着後面，「領着兵正在追殺你們呢。」

「不追殺倒是奇怪了……」張琳立即説，「而且確切地説，是『我們』。」

「別吵了，要出城了。」我打斷他們，指着前方的城門説。

城門那裏，人們進進出出的，誰都沒有太在意我們這輛奔逃的車，守衛城門的士兵懶懶地站在那裏，看到米德駕車，立即立正。我們的車順利地出了城門，我叫米德去一個僻靜的地方，然後穿越回去。

「我感到有個人在跟着我們。」這時，西恩看着車的後面，有些緊張地説，「不是尼特倫和他的士兵們，是另外一個人在跟着我們。」

「啊？」我看了看車的後面，出城了，城外的人比裏面少了很多，我們在一條土路上飛奔，路兩邊都是樹，只有少量行人在走路，實在看不出被跟蹤的跡象，「不可能呀，沒有誰跟着我們呀。」

「也許我太緊張了。」西恩説道，不過眼睛還是一直看着車後。

米德駕車越過一條小河，前面的土路不見了，地面上都是荒草，後面的行人也不見了，這裏是一片荒無人煙之地，荒草上，有一些巨大的石塊，散落在四處。

「搭建金字塔剩下的石頭。」米德下了車，指着那些石塊，「全都扔到這裏了，你們是要回到你們的時代吧，好，帶上我，這裏我呆不下去了。」

「帶着你回去？」我剛才沒仔細想這個問題，我們的條例規定，除非必要，任何人和物品都不能

帶走。我剛才只是想出城後我們穿越回去，讓米德和科坦駕車遠走高飛到別的地方。

「還有我，我也呆不下去了，法老饒不了我的。」科坦跟着説。

「你以為我能饒了你？」米德瞪着科坦，「你這個騙子。」

「到了他們那個年代，我也能當老爺，你也許要聽我的，給我當僕人⋯⋯」科坦忽然毫不畏懼地説。

「你要造反呀！」米德咆哮起來，伸手就去打科坦，「就不帶你走，看陛下怎麼處置你⋯⋯」

「三位小神人，帶着我去你們那裏吧。」科坦躲避着米德，然後開始哀求我們，「現在和法老説不清了，我沒拿他的東西，就是在他那裏放了點東西，不過他要是知道親自為我們保管鑽石，一定氣瘋了⋯⋯」

「帶他們走。」我望着身後的那條路，不能在這裏耽擱下去了，法老尼特倫帶着他的部下隨時會

追來，「拿到鑽石，阻止了一個犯罪團夥的重建，任務順利完成，帶兩個人回去，也不會對我們那裏構成什麼威脅，把他們留在這裏確實有危險。」

「好。」張琳表示贊同。

一邊，西恩看看科坦，向他要來權杖上本來的那顆鑽石，然後把權杖柄上辛克的那枚鑽石取下來，原本的鑽石放上去，嵌好。

「好了。」西恩説着把我們要找的鑽石放到口袋裏。

隨後，西恩把法老的權杖反過來插在地上，有人發現會送還給法老，這裏沒人敢拿法老的東西。隨後，我們把米德和科坦圍住，我們三個面朝外，我抬起了手，手錶露了出來。

「總部時空隧道管理員，我是阿爾法小組051號特工，請開啟穿越通道，輔助我們實施穿越。」我開始呼叫總部。

「我是079號時空隧道管理員，收到請求，請問穿越方式？」手錶裏一個聲音問道。

「無限穿越。」我說，「有個情況需要説明，我們將帶兩個沒有穿越能力的古代埃及人來到我們的時代。」

「阿爾法小組，這非常危險，本來你們在穿越時就是最脆弱的，距離年代這麼遠，還帶着兩個當地人⋯⋯」

「情況緊急，我現在啟用A許可權。」我打斷了管理員的話，啟用A許可權，就是要求管理員完全按照我的要求做，當然，這項許可權啟用次數有限，不是隨便就能啟用的。

「明白。」管理員立即説，「那麼請做好穿越準備……」

我們手挽着手，讓米德和科坦抓緊我們的手臂，不能放鬆。我按照程序，一步步地和管理員協調着輔助穿越事項。

這時，遠方隱約有喊殺聲傳來，應該是法老尼特倫帶着手下士兵追趕過來了，情況緊急，我們必須馬上離開這裏，好在穿越通道正在開啟，我們就要穿越回現代了。

「……五秒鐘後穿越通道開啟，請站穩！五、四、三、二、一！」協調完最後的事項，管理員開始發出穿越倒計時指令，隨即，一個隱約可見的穿越通道出現了，我們邁步進入管道。

「轟——」的一聲，我們剛跨入管道，一道桔紅色的閃光從我們五個人身上劃過，霎時間，我們就消失在空氣中，我們進入了穿越通道裏，就要返回到我們的時代了。

「哧——」的一聲巨響，原本準備承受巨大穿

越壓力的我突然感到身體被誰重重地推了一下，隨即，我們五個人就倒在地上，也可以說我們是被炸出穿越通道的，穿越通道此時碎片化了，現場一陣白霧。我渾身痛得根本就站不起來，我緊咬着牙，看到身邊的西恩和張琳也在地上掙紮着，而米德和科坦則躺在地上大呼小叫。

「哈哈哈哈……」一陣邪惡的笑聲傳來，從石頭後，走出一個人來，他一身古代埃及人裝扮，顯得非常得意。

這人是威爾森——我們有他的資料和照片，他正在重組毒狼集團，我們還知道他也可能要來拿鑽石，沒想到他果然來了，他在我們穿越實施的一剎那轟擊了穿越通道，那是我們最為脆弱的時刻，當然也是攻擊我們的最佳時機，有超能力的威爾森很明白這一點。

威爾森從口袋裏掏出了一根長長的繩索，把我們三個綑了起來，至於米德和科坦，威爾森顯然知道他倆沒有超能力，都懶得去管。米德和科坦此時

清醒了，很是恐懼地看着威爾森，不過威爾森顯然知道他們是普通人，並沒有綑綁他倆。

「你、你是那個威爾森。」張琳有氣無力地說。

「對，要不要我給你簽個名呀。」威爾森嘲弄地說，說着走向西恩，從西恩的口袋裏掏出了那枚鑽石，得意地看着，「我晚來一步，冒險潛入金字塔，發現連裝鑽石的小盒子都不見了，只好去找米德，他不在家裏，我就來到王宮，剛好看見你們和法老打鬥，就一路追過來了，這樣拿到鑽石，也不錯，哈哈哈……」

「威爾森，你──」我眼看任務失敗，威爾森就要拿走鑽石，但是我們被綑着，身上也沒什麼力氣，「你不能拿走鑽石──」

「再見啦。」威爾森對我們擺擺手。

威爾森走到一塊石頭旁，他在看地形，我很清楚，他要找一個地方實施穿越，回到我們的時代，但我無法阻止他。

正在這時，米德和科坦都掙扎着站了起來，米德搖晃着跑過去，拉住了威爾森，威爾森用力一甩都沒有甩開米德。

「神人——」米德喊着，「你要是走，就把我也帶走，法老饒不了我的呀，求求你啦——」

「還有我——」科坦也跑過去，拉住了威爾森，「求求你了，我也不敢留下了——」

「滾開——都給我滾開——」威爾森不耐煩地說，「別拉着我——」

「去了你們那裏，我不給米德當僕人了，我伺候你還不行嗎——」科坦哭喊着，很是可憐。

「我、我也給你當僕人——」米德跟着說。

「帶着你們兩個穿越嗎？風險很大，我才不幹呢。」威爾森說着使勁掙脫了兩人的拉扯，「都滾開，滾——」

米德和科坦被摔倒在地上，米德爬了起來，此時，他的雙眼裏已經不是可憐，而是憤怒了。

「果然，果然是壞蛋，人家正義的警察都答應

帶我們走了。」米德説着撲向威爾森，「我還幫你們藏鑽石，我和你拼了——」

「算了，大人。」科坦一把拉住米德，「我們打不過他呀，讓他走吧，實在不行，我們就跨過尼羅河，到別的地方去，萬一被陛下抓住，你就求他，你服侍他這麼多年，我想他還不會把你殺了吧……」

「什麼叫你想？」米德大叫起來，他瞪着科坦，「你想有什麼用？又不是陛下想，你這個下賤的僕人……完啦，這下全都完了，哇……」

説着，米德大哭起來，科坦也無計可施，傻傻地站在米德身邊。而我們被綑着，我掙扎着試圖擺脱束縛，但是我們被綑得很緊，如果是平時，我們三個一起發力，足以掙開繩子，但此時我們沒什麼力氣，一時間很難掙脱。

CHAPTER 14

箭射通道

「抓住他們——」這時，不遠處一陣喧鬧，只見法老王尼特倫帶領着上百名的鎧甲武士追殺了過來。

我們都大吃一驚，尼特倫找到了我們，同樣，威爾森也很是吃驚，他慌忙地看着地形，每個超能力者的穿越方法都不盡相同，威爾森要穿越回幾千年後，而且不大可能有輔助穿越，難度很大，所以他顯得非常謹慎。

「他們在那裏——」尼特倫站在一輛戰車上，他看到了我們，激動地大喊着，「衝呀——」

「完啦——完啦——」米德和科坦抱頭痛哭起來，他們看見，衝在第一排的不是持劍武士，而是眾多弓箭手。

威爾森慌亂中終於找到合適穿越的地點，他雙手用力劃出一個圓形，一個若隱若現的通道出現

了，這個通道有三、四米長，威爾森站在通道的一端，另一端彷彿融化在空氣中，他扶着通道，嘴裏默唸着什麼，走進了穿越通道。

我想到了辦法，是的，我是分析大師，這是我急中生智的辦法，這也是我們最後的辦法了。

「米德——站到通道前面去——」我對在一邊大哭的米德大喊着，「對着那些弓箭手揮手挑釁，箭射過來就趴在地上——快——」

「啊？」米德一愣。

「科坦，你也去——」我繼續大喊，「這是我們最後的機會了，抓到通道裏的威爾森，一切都能說清了——」

應該是看在剛才我們肯帶他倆回我們的時代的緣故，我的喊話也點醒了他們，米德和科坦沒有再多問，一起跑到那若隱若現的通道前。

「來呀——來呀——」米德和科坦一起手舞足蹈地對着那些弓箭手叫囂，米德還擠眉弄眼。

「射擊——」尼特倫看到這一幕，都要氣瘋

了，他大聲下令。

「嗖——嗖——嗖——」，弓箭手們萬箭齊射，我大聲呼喚米德和科坦趴下，數十枝箭一起射過來，沒有射中米德和科坦，一起射在那通道上，「轟——」的一聲，被射中的通道頓時炸開，威爾森隨即從通道裏翻滾出來，身上還插着兩枝箭，他倒在地上，痛苦地嚎叫着，全無剛才的得意了。

這時，身體恢復最快的張琳用力掙脫開繩子，我們終於擺脱了束縛，不過我還有些暈，但努力地爬到權杖那裏，把權杖拔出來，對着尼特倫搖晃着。張琳和西恩則飛快地綑綁起了威爾森。

尼特倫指揮着弓箭手，已經向我們展開了第二輪攻擊，但是被西恩甩出的防禦盾擋住了，米德和科坦則一直趴在地上，抱着腦袋，嘴裏大喊着陛下饒命。

「陛下——停戰——」我大聲喊道，隨後拿着法老的權杖揮舞着，「你們射不中我們的，你的權杖還在——這是一場很大的誤會——」

西恩和張琳躲在能上下翻飛抵擋箭枝的盾牌後，看着法老的那些武士，尼特倫知道我們的厲害，看到我主動喊停，他對手下擺了擺手。

「停止攻擊——」

鎧甲武士們全都站在原地，尼特倫知道，我們要是再次跑掉，他們很難追上，他應該也想知道我們要說什麼。

「小妖怪——怎麼回事——派一個人過來説清楚——」尼特倫喊道。

我拿着權杖就向尼特倫走了過去，西恩有點着急，連忙去拉我，我擺擺手，叫西恩和張琳等在原地，獨自走了過去。

看到我走過來，鎧甲武士們都警惕地盯着我，手裏緊緊地握着武器。

「尊敬的陛下，這是你的權杖。」我走到尼特倫的戰車前，雙手捧起權杖，畢恭畢敬地舉起來，交給尼特倫，「陛下，我不是妖怪。」

尼特倫接過權杖，拿在手上仔細看了看，確信

是自己的權杖，隨後疑惑地看着我。

「陛下，我們來自幾千年後，我們是實施穿越術來的……」我開始向尼特倫解釋，「這一切源自於我們那個年代有個犯罪團夥，把一顆價值連城的鑽石放進了你的金字塔裏……」

我把事情的前因後果全部告訴了尼特倫，他聽得目瞪口呆，他手下的武士也全都呆住了。尼特倫將信將疑，我們的超能力他見識了，但是我的話他很難相信。

「陛下──」此時我一定要説一些「猛料」了，我突然跳到戰車上，那些武士都沒料到，來不及阻止，當然我沒有什麼危險動作，只是把頭靠近尼特倫，「五年前，你最信任的近臣親王，也是你的弟弟尼內偷盜宮中的珍寶，被你發現，你不願家醜外揚，只是把他趕得遠遠的，不讓他再回到孟菲斯城，但是你把這件事的經過親自寫在石板上並藏於金字塔裏的一個側室裏，向你的祖先説明情況，此事只有你自己知道，幾千年後，我們的考古學家

在側室找到了石板，讀出了上面的資訊……」

「別說了，我信你了，快別說了……」尼特倫生怕我的聲音大，那些鎧甲武士聽到。

「陛下，我們無意搗亂，我們只想帶走我們的東西，還有那個人。」我說着指了指不遠處的威爾森，他身上的箭已經被張琳拔下，箭傷並不致命，但令他徹底失去了攻擊能力。

「啊，這樣也好，大家互不干擾。」尼特倫連忙點頭。

「米德和科坦，都有家人在，本來想帶走他們，但是我想他們一定知錯了，還是留在你們這裏好。」我看着在那邊哆哆嗦嗦的米德和科坦，「請問陛下，你能原諒他們兩個嗎？」

「不能！」尼特倫一點也不思考，脫口而出，想到米德和科坦，他立即變了臉色，「他們這是背叛行為，我饒不了他們的，氣死我了，哇──哇──」

「噢。」看到尼特倫那發怒的臉龐，我想了

想，尼特倫的這個反應其實也正常，但是我也不想米德和科坦因此受到傷害，「陛下，那這樣，我帶他們去我們那邊反思一下，你也消消氣，過一段時間也許會更好地處理他倆的事。」

「這⋯⋯這⋯⋯」尼特倫還是很生氣的樣子。

「就這樣吧。」我跳下戰車，回頭看看尼特倫，我不想在這裏耽擱下去，我鞠了個躬，「今後不會再來打擾陛下。」

我向張琳和西恩走去，到了以後，先找到米德和科坦，把尼特倫對他們的態度告訴了他倆，讓他倆先跟我們走，等尼特倫消了氣再說，而尼特倫消氣，的確需要時間，他倆千恩萬謝，要跟我們走。

西恩已經拿回了鑽石，他和張琳架起受傷的威爾森，我們要一起穿越回去，這次不但找回了鑽石，還抓住了威爾森，收穫的確巨大。我抬起手腕，準備呼叫總部的輔助穿越。

「小妖⋯⋯小神人——」這時，尼特倫忽然很興奮地跑了過來，邊跑邊喊。

我們愣住了，米德和科坦嚇得站在那裏不停地作揖。

　　「小神人。」尼特倫抓着我，神秘地看着我，「我想問，我能活多長時間？兩百年沒問題吧？還是三百年……」

　　「這個……」我笑了笑，「按照我們的規矩，很多事情沒有必要，是不能亂説的，放心吧，你還能活很長很長時間，你的這個王朝也會繼續興旺，你總體來説是個不錯的國王……」

　　「你説真的？」尼特倫雙眼頓時放出光來，「説實話，我一直都認為我很不錯。哈哈哈哈……啊，對了，你們剛才還説我第十個兒子要搶我的王位……」

　　「這個你只要小心就行。」西恩連忙説，「你很聰明的，你能處理一切問題。」

　　「還好，還好。」尼特倫算是長出一口氣。

CHAPTER 15

落在何處

　　我讓尼特倫站遠一些。我舉起了手臂，對着手錶開始呼叫總部。接通了總部之後，我匯報了剛才發生的事，再次請求穿越。總部立即同意輔助我們穿越。

　　我和張琳、西恩站好，把米德和科坦都叫到身邊，他倆在穿越的時候要緊緊地抓着我們，而威爾森我們是一定要帶走的，西恩緊緊地抓着威爾森，威爾森被綑着，反抗是不大可能的，如果穿越時掙扎，西恩和張琳會一起按住他。

　　我們面對面站成了兩排，我們三個特工一排，我們的中間是西恩，對面一排是米德他們，威爾森在中間，西恩按着他的肩膀，我和張琳一個抓着米德，一個抓着科坦。

　　「總部時空隧道管理員，我是阿爾法小組051號特工，請開啟穿越通道，輔助我們實施穿越。」我

舉起了手臂，「剛才我們申請過輔助穿越，但出了點小問題，一切回去後再説。」

「我是079號時空隧道管理員。」手錶裏一個聲音問道，「請問穿越方式？」

「無限穿越。」

……

我和總部的管理員一問一答，很快就完成了穿越的最初程序，隨即，管理員通知我們穿越通道開啟。

一個圓形的管道出現，我們連忙跨入通道。剛剛跨入通道，「轟——」的一聲，一道光束從我們的身上劃過，我們轉瞬間就消失在穿越通道中，穿越開始了。

在穿越通道裏，我們像是滑向一個深淵之中，我們都努力掌控着，不去碰到管道壁，我們與管壁的距離足夠大，米德和科坦緊緊地抓着我們，他們閉着眼睛，咬着牙，通道裏的風把他們的臉都吹得變形了。威爾森被推進通道後，的確掙扎了幾下，

但是被西恩牢牢地抓着。

「呼呼」的風聲在我們耳邊響起，再堅持一會，我們就能回到我們的時代了，我們選擇的落地點就是總部的辦公室。忽然，威爾森忽然用力地扭動着身體，西恩倆忙抓緊他，我也伸出一隻手去幫助西恩，忽然，我感到威爾森嘴裏唸唸有詞，似乎在説着什麼。

我知道威爾森在破壞這次穿越，他知道被押到特種警察總部後的下場，他當然不願意被押回去。我伸手去堵威爾森的嘴，就在這時，「轟──」的一聲巨響，我們的身體像是被一股強大的力量拋出通道。隨後，一切都靜止了，都寂靜了。

我躺在地上，大口地喘着氣。我不知道這裏是什麼地方，但是我知道我們的穿越結束了，我們落地了。我更知道，穿越沒有成功，這裏絕對不是我們的辦公室，這裏是一片森林，而且從穿越時間上看，我們的落地太早了。

我的身邊，西恩、張琳、米德、科坦全都在，

我們這是第二次在穿越時受到攻擊了，我們都受傷較重，頭腦發脹，身上一點力氣都沒有，站都站不起來。威爾森也在，他被綑着，但是已經坐了起來，他嘴角露出一絲狡猾的微笑，威爾森實施的這次破壞，他顯然早有準備，毫髮未損，他用盡力氣掙脫開繩子，站了起來。隨後走到西恩身邊，再次從他口袋裏拿走了鑽石。

「這裏是哪裏？」我掙扎着撲過去，用手抓着威爾森的腿，想把他拉住，「你不能走。」

「去——」威爾森一腳踢開我，我一時緩不過來，無法進行反抗。張琳和西恩也一樣。

「哎呀——」威爾森叫了一聲，他又被拉住了。

拉住威爾森的是米德，威爾森用力一踢，居然沒有踢開米德。

「神人呀——」米德喊着，「求求你了，把我也帶走，法老饒不了我的呀，我也不想在這個地方，這是哪裏呀，我會不會餓死呀，求你帶我走

啦——」

「還有我——」躺在一邊的科坦也拉住了威爾森，「我也不想留在這裏——」

「滾開——都給我滾開——」威爾森不耐煩地說，「別拉着我——」

剛才發生的一幕，又上演了。剛才就是米德和科坦拉着米爾森，要他帶走他們，只不過當時我們被綑着，現在我們受傷較重，威爾森看出來了，所以都不想綑住我們了。

威爾森說完，走到一塊大石頭旁，大石頭前有個空地，威爾森一手撐着石壁，一邊看着四周的情況，這裏應該就是他選擇的穿越地點，他拿到鑽石，就要穿越回去了。

不能讓威爾森得逞，我們三個雖然還很暈，但是此時顧不上這些了，威爾森就要拿着鑽石逃走了，我們掙扎着爬起來，去阻止威爾森。

張琳第一個爬起來，隨後衝向了威爾森，接着，西恩也跟了上去，我站起來後，做了一個深呼

吸，也衝向了威爾森。

　　威爾森感覺到我們衝了過來，他轉過身，張琳已經衝到眼前了，威爾森很是生氣，不過看起來他完全不慌亂，他看出我們用的是最後的力氣。此時張琳一拳都打了過去，威爾森連忙閃身，張琳的拳頭打空。這邊，西恩一腳踢了上去，威爾森用手撥開西恩的腳。

　　我也衝了上去，我一拳打上去，威爾森輕鬆地撥開了我的手臂，我歪倒在一邊，差點沒站住。

　　「別打了——」科坦拉住我，「打不過他的——」

　　「不行。」我掙脫了科坦，此時我掙脫他都沒什麼力氣了。

　　一邊，張琳已經被威爾森打倒在地，趴在地上都起不來了。西恩也難以招架，被威爾森逼到角落。

　　我衝上去支援西恩，一拳砸向威爾森，但是我自己都感到拳頭輕飄飄的，沒什麼力氣，威爾森

非常了解我們的狀況，連躲都不躲了，我一拳打上去，他沒什麼損傷，反手就是一掌，我被打得橫着飛了出去，科坦連忙架住我，我氣力全無，身體疼痛，幾乎都站不起來了。

西恩轉瞬間也被威爾森打倒，米德嚇得躲到一塊巨石後邊，威爾森不肯帶他走，我們也打不過威爾森，米德都絕望了。

威爾森打倒西恩後，衝着張琳撲過去，他看出來張琳最厲害，而科坦小心地護在張琳身邊，可憐地看着威爾森。

「她不行了，你饒了她吧。」科坦哀求起來。

威爾森上去踢了張琳一腳，隨後狠狠地瞪了一眼科坦。他轉身又來到大石頭旁，向身後看了我們一眼。此時的我們已經潰不成軍了，西恩和張琳倒在地上，而我半坐在地上，大口地喘着粗氣，渾身像是散架了一樣。米德躲在石頭後，大哭起來。

「完啦——完啦——哪也去不了了——」

科坦大着膽子，跑到威爾森身邊，看着要實施穿越的威爾森。

　　「大人，神人，把我帶走吧。」科坦鞠着躬說，「我最會伺候人了，我當了好多年僕人了，你們那裏就不需要一個僕人嗎？」

　　「滾開！」威爾森不耐煩地罵起來，「要不是你曾幫忙藏過鑽石，連你也一起打。」

　　「你考慮下，帶我走吧。」科坦後退了一步，但是還繼續求着，看來他是真的害怕留在這裏。

　　「還囉嗦？」威爾森瞪了科坦一眼，「給我躲遠點。」

　　科坦無奈地後退了一步，不敢說話，但是也不想走遠，似乎還是希望威爾森把他帶走。

　　威爾森沒時間和科坦糾纏，他看看地形合適，開始施展穿越之術，他的手比劃着，嘴裏說着什麼。

　　一個圓形的通道「唰」地就出現在威爾森面前，這個通道的外形若隱若現的，沿着巨石一直向

前伸展了近五米，通道有兩米多高，威爾森很滿意
地看了看通道，隨後很小心地向裏面走去。

CHAPTER 16

真正的身分

　　我幾乎癱倒在地上，威爾森馬上就要走了，我們的任務徹底失敗了，鑽石被搶走，威爾森拿回去後就能重啟毒狼集團，而這產生的一系列後果是難以想像的。我們現在誰都無法阻止威爾森了。這時，西恩微微地爬起來，手伸向那個穿越通道，想要阻止威爾森，但他受了很重的傷，根本無法阻止威爾森，只能眼睜睜地看着他穿越而走。

　　威爾森走進了通道裏，我們能看到他的背影，他走進去後，就站立不動，一束光劃過，穿越開始。通道消失後用不了多長時間，威爾森就會回去，但無人知道他會落在什麼地方。

　　這時，站在威爾森穿越通道旁的科坦突然向通道推出一掌，科坦的手臂四周纏裹着白色的電光，霎時間就把那通道擊破一個洞，隨後那通道發出「轟」的一聲，威爾森的穿越通道完全炸碎了。

「啊——」威爾森慘叫一聲，從通道裏翻滾出來，他滾出去十幾米，趴在了地上。

科坦收起了拳頭，在剛才的穿越通道爆炸後，科坦居然一直穩穩地站着，他平靜地看着在地上翻滾的科坦，走到他身邊，從他的口袋裏拿走了鑽石，隨後又看了看我們。

我們全都驚呆了，科坦剛才那一掌，說明他是一個功力極其深厚的超能力者，而且他知道在威爾森剛剛啟動穿越的時候展開攻擊，這個時間點選擇得非常關鍵，也非常好。

科坦走向威爾森，輕蔑地看了看他，威爾森這次遇襲傷得不輕，此時他的身體上多處升起了小小的煙柱，看上去威爾森比我們剛才穿越遇襲受的傷重得多。情況再次反轉過來，現在我們不用去綑綁威爾森了，他徹底喪失了抵抗力。

我慢慢地站了起來，科坦已經走到我的身邊，他看着我，微微一笑，隨後舉手敬禮。

「我是特工019號，你好。」

科坦和我説這話的時候，我完全愣住了，我一時不知該怎麼回應他，愣了兩、三秒，我下意識地舉起了手，也向他敬了個禮。

這時，西恩和張琳也都恢復了一些，他們也都慢慢地站起來，張琳還站不穩，只能扶着身邊的巨石。米德聽到爆炸聲就從石頭後探出頭來，他看到科坦向我走來，然後還向我敬禮，他也愣住了。

一切來得都太突然，科坦居然是特工019號，根據這個編碼，科坦絕對是特種警察總部的資深特工。

「抓到威爾森，我終於可以回去覆命了。」科坦看着我，很是平靜，「真正的科坦，已經在五年前到了我們的時代，隱姓埋名，處於特種警察總部的保護之中。總部的線報早就知道科坦其實是辛克埋設的一條暗線，總部利用人身模仿技術，加上我的超能力，把我複製成科坦，我的任務就是長期在米德身邊潛伏，直到抓到重組毒狼集團的威爾森為止，只要威爾森不出現，我一切的行為就是科坦，

不管怎麼被米德欺壓，我始終要做科坦。而總部認定你們有能力處理任何事，鑽石無論怎麼藏，你們都能依靠自己的能力找到，所以你們前幾次遇險時，為了不暴露身分，我沒有搭救你們，也不能向你們暗示我是自己人，因為總部認為，威爾森的威脅遠大於那枚鑽石，鑽石沒有了，威爾森可以去別處籌措資金，一旦抓住威爾森，毒狼集團就將徹底群龍無首了。」

「原來是這樣。」我非常吃驚，「你的任務是抓住威爾森。」

「對，我一直做臥底，就是等威爾森露面，只要他露面我就有機會抓住他。」科坦説，「沒想到他剛才露面了，那麼我的任務就立即啟動。我想你們應該能應付威爾森，所以沒有急於顯露身分，我覺得在暗中輔助你們更好。第一次你讓箭射穿越通道的辦法很好，我和米德配合了。剛才威爾森實施超能力口訣破壞穿越，你們都受了重傷，這個時候我再不出面威爾森就逃跑了。你們在穿越的時候是

最脆弱的，威爾森也一樣，剛才我阻攔你們和威爾森交手，是不想你們和他硬拼，而我在他實施穿越時來一個突然襲擊，效果更好。果然，他在穿越的時候並沒有防備我，我對穿越通道側面展開攻擊，現在他已經喪失抵抗能力了。」

「鑽石拿到了，威爾森也被抓住了，現在我們可以回去了？」我問道。

「是的，一切任務都完成了。」科坦點點頭，看起來他依舊很平靜，甚至一點都沒有最終完成任務的喜悅，「我們現在是有驚無險了，但是對於整個任務……」

「怎麼了？」我急忙問。

「威爾森也許還不是最終的那個幕後黑手。」科坦說，「現在我們雖然拿到鑽石，也抓到了威爾森，但問題真的沒那麼簡單。」

「啊？」我心裏一驚，隱約感到了什麼，看起來情況非常複雜，真的沒那麼簡單。

「好了，先不說這些，我們馬上回去。」科坦

笑笑，算是安慰我。

「好的，啊，『科坦』……請問你的真名是什麼？」我又問。

「安德列。」「科坦」笑了笑，「這是我的真名，回去後我還要經過一周的調整，恢復我原來的面貌，而那個科坦，等這件事過一段時間後，可以跟着米德一起回來，我們會找到一種合適的方式和法老尼特倫解釋這件事，讓他不要難為米德和科坦。」

「謝謝呀，謝謝呀。」米德非常激動，他也聽到了安德列的話，「你的樣子和科坦一樣呀，怎麼做到的？能回來太好了，你們要好好和陛下説説……」

張琳和西恩都已經站了起來，他們感覺好一點了。安德列説要立即實施穿越，回去後馬上治療我們的傷，我們很快就能復原。

安德列拉起威爾森，此時威爾森根本就站立不穩，需要張琳和西恩扶着，他真的已經沒有了抵抗

能力，不過以防萬一，還是把威爾森的嘴堵住了。

　　「安德列先生，這次你來實施穿越，我們跟着你。」我説，此時我和張琳、西恩都沒有完全恢復，實施穿越時危險較大。

　　「五年了，第一次聽到有人這樣叫我。」安德列點了點頭，「還有些不適應呢。」

　　説着，安德列開始尋找穿越實施地，很快，他找到了一個適合進行穿越的地點，他看了看我們，指了指一塊空地。

　　「來吧，我帶着你們，我們返航⋯⋯」

時空調查科1
法老王宮裏的秘密

作　　者：關景峰

繪　　圖：Mimi Szeto

責任編輯：周詩韵

美術設計：游敏萍

出　　版：新雅文化事業有限公司

　　　　　香港英皇道499號北角工業大廈18樓

　　　　　電話：（852）2138 7998

　　　　　傳真：（852）2597 4003

　　　　　網址：http://www.sunya.com.hk

　　　　　電郵：marketing@sunya.com.hk

發　　行：香港聯合書刊物流有限公司

　　　　　香港新界大埔汀麗路36號中華商務印刷大廈3字樓

　　　　　電話：（852）2150 2100　傳真：（852）2407 3062

　　　　　電郵：info@suplogistics.com.hk

印　　刷：中華商務彩色印刷有限公司

　　　　　香港新界大埔汀麗路36號

版　　次：二〇一八年十一月初版

ISBN : 978-962-08-7158-0

© 2018 Sun Ya Publications（HK）Ltd.

18/F, North Point Industrial Building, 499 King's Road, Hong Kong

Published and printed in Hong Kong